ベリーズ文庫

# クールな海上自衛官は想い続けた政略妻へ激愛を放つ

にしのムラサキ

JN031994

STARTS
スターツ出版株式会社

目次

クールな海上自衛官は
想い続けた政略妻へ激愛を放つ

# 【プロローグ】

二か月ぶりに会った夫が、別人になっていた。

顔かたちが変わったわけじゃない。初めて会ったときから、ハッと目の覚めるような端麗な容姿は変わらない。高い背も、がっちりとした体つきも広い背中も前のまま。肌は少し日に焼けたかもしれない……けど、声だって、身体の芯に響く魅力的な低い声で、以前となにも変わらない。

変わったのは、彼の性格だ。いや、雰囲気と言ったほうがいいか。

「そんなに重いものを持つな、海雪《みゆき》」

「柊梧《しゅうご》さん、私、大丈夫です。これくらい重くなんて」

そう言った次の瞬間には、買い物をした食材が詰まったエコバッグふた袋は、夫である柊梧さんの男性らしい大きな手に握られていた。人目を惹く端整な顔は、心配そうな表情を浮かべている。

「だめだ。君ひとりの身体じゃないんだぞ？　君やお腹の子になにかあったら俺は生きていけない」

その言葉に眉を下げた。――そう、私ひとりの身体じゃない。

まだふくらみが目立たない私のお腹には、いま、柊梧さんの赤ちゃんがいる。

妊娠が発覚したのが、彼が仕事で家を留守にしていた二か月の間だった。

夫である柊梧さんと私は、いわゆる政略結婚だ。

そんな理由もあって、それまで、彼のイメージは、〝とにかくクール〟だった。

そっけないし、不愛想といってもいい。なにを話そうと、『そうか』と相槌《あいづち》が返ってくるのが関の山。

お見合い当初なんて、私に興味がないのが丸わかりの態度だった。

それが、まさか、こんな……妊娠したとたん、こんなに甘くなるだなんて。

……まさか。

変な考えが浮かんで、私は立ち止まり苦笑した。

「海雪？ どうした」

駐車場に向かう通路で、柊梧さんが振り向いた。平均的な身長である私より三十センチ近く高いところから、心配を隠しもしない視線が降ってくる。

「体調でも悪いのか」

「そ、そんなことないです、大丈夫です」

慌てて首を振る。

まさか、あなたの態度が変わりすぎていて、別人に入れ替わっている想像をしたなんて言えない。柊梧さんは「そうか？」とまじまじと私の顔を見つめて、それから歩くスピードをものすごく落として言う。

「早めに帰ろう。買い物も疲れただろうから」

車に着くと、柊梧さんは私にシートベルトまで着けてくれる。どうしてか、とにかく世話を焼きたいらしいから、このところは抵抗せずに任せていた。甘やかされるのは、どうにもむず痒《がゆ》い。

運転席から手を伸ばされ、しゅるりと締められるシートベルト。

吐息さえ届きそうな眼前に、柊梧さんの整ったかんばせがある。

かっこよすぎて、いつまでも見慣れない。そんなふうに思いながら、気が付けばじっと見つめてしまっていた。

ばちりと視線が絡む。慌てて目を逸らそうとした私の名前を、柊梧さんはくすぐるような声音で呼ぶ。

「海雪」

「っ、な、なんでしょうか」

緊張まるわかりの私に対し、彼はふっと力を抜いて微笑むと、そっと私のこめかみに唇を押しつける。

「え……っ」

頬に熱が一気に集まる。何度も目を瞬き彼を見れば、柊梧さんは目を細めて笑った。

「悪い、海雪がかわいくて」

そう言いながら私の頬を撫でる彼の指先がほんのりと冷たいのは、私の頬が熱すぎるせいだろう。

「か、かわいい……⁉」

顔が発火しそう。鼓動は鼓膜の横にあるんじゃないかと思うほどに高鳴っていた。

私の心臓は、彼といるとひどく速くなる。そして苦しくて切なくて、同時にとても温かくなるのだ。

それが、どんな感情に由来するものなのか、私は……もう、気が付いている。

でも、その感情を、恋心を、私ははっきりと認めるわけにはいかない。だって好きになってはいけない。本当に彼に心を許してしまったら、あとで辛くなるのは目に見えている。

柊梧さんは彼の子どもを妊娠した私をとても大切にしてくれているけれど、あくまで私たちは政略結婚なのだ。

小さいころから、私はただ〝家のため、政略結婚をするため〟育てられた。私もそれに不満を抱いたことはない。

だって、当たり前だ。

私の母は、父の愛人だった。

ひとつの家庭を、私という存在がめちゃくちゃにしてしまったのだ。

どれだけ償おうと、償いきれない。

だから私は、小さなころから父とお義母さんに言われた通り、いつかは政略結婚すると いう未来を受け入れてきた。そのために、厳しく育てられてきた。

自分でなにかを選んだ経験は、ほとんどない。よりよい駒になるために、よりよい条件で政略結婚するために与えられたものを、ただこなして生きてきた。

でも、それが私にできる唯一の贖罪《しょくざい》だったから——どれだけ厳しく、冷たく接せられようと、受け入れてきた。泣くような権利は、私にはなかったから。

なのに、いま与えられている生活は、信じられないほど穏やかで甘いもの。いいのだろうか、と時折思うこともある。

ただ、私は駒として役に立ってはいるようだった。そうでなければ、政略結婚した柊梧さんがこんなに優しいはずがないもの。

ひとりいろんな感情に揺さぶられている私を、柊梧さんはなにか眩しいものでも見るような顔で見下ろす。

どきり、とした。

あの夜を……お腹の赤ちゃんを授かった夜を、思い出してしまう。

全てのことが初めての私に、柊梧さんはとても優しかった。

『海雪、綺麗だ』

そう言って彼は私になんどもキスを落とした。

足を開くことすら恥ずかしく、目を逸らしシーツの上で身じろぎする私の頭を、安心させるように優しく撫でてくれた。

かと思えば、ふとした瞬間、彼は貪《むさぼ》るように私の肌に痕《あと》を残した。痛みさえ覚えるようなキス、甘く噛む彼の唇と歯の感触を、いまだによく覚えている。

肌を舐め上げる、ざらついた生ぬるい彼の舌の体温も。

耳元で私を呼ぶ余裕のない、低い声も——全て記憶に鮮烈に刻みつけられている。

「海雪、頬が赤いぞ」

「……しゅ、柊梧さんがキスなんてするから」

「あんな子どもみたいなキスで？」

そう言って彼は目元を綻ばせ、今度は唇に触れるだけのキスをする。

「ん……」

「まったく、かわいい」

感にたえない、といった風情で彼は言う。

……もちろん、わかっている。

彼がこんなに甘いのも、優しいのも、全部私が彼の子どもを宿しているから、で。

決して女として愛されているからではないということも。

それでも、私は構わない。

柊梧さんは、私を愛してくれている。

家族として、夫として。

私と彼は、愛し合う家族。慈しみ合う夫婦になるのだ。それでいい、それでいいはずなのに。この関係に、その他の感情なんて必要ない。

たとえば、恋慕《れんぼ》……だとか。

そんなことを思いついてしまって、慌ててかき消した。考えるべきじゃない、そう思えば思うほど、恋心は膨らんでいく。

視線の先で柊梧さんが微笑み、とても優しく私のお腹をそっと撫でた。

どうしてだろう。たったそれだけで、私は不思議なくらい、幸福でたまらなくなるのだ。

## 【一章】冷たい彼の優しい一面（ｓｉｄｅ海雪）

　窓ガラスの向こうは、きらきらしい春の陽射しを反射する横浜《よこはま》の街、そしてその向こうに広がる紺碧《こんぺき》の海だった。

　私は高級フレンチのメイン、白身魚のポワレを砂でも噛むような気分で口にした。だって気まずい。かれこれ三十分は、この部屋――高級ホテルの最上階にあるフレンチレストランの個室――に、ほぼ無言の時間が続いていた。

　お見合いだというのに。

　時折やってくるウェイターさんもどこか気まずげだ。なんだか申し訳なくなる私と裏腹に、目の前にいるスリーピースのスーツを着こなす端正な男性……天城《あまぎ》柊悟さんは、優雅な仕草で白身魚を切り分ける。

　お互い無言で、カトラリーの音だけが部屋に響いていた。

　最初こそ、一生懸命に話題を振ったものの、そっけなく返されて会話がまったく続かない。そのうちに私もなにを話せばよいのかわからなくなって、いまに至る。

　天城さんの、整えられた短髪がよく似合う、精悍な眼差し。すっと通った鼻筋に、意思の強そうな口元は食事以外では引き結ばれている。

どう考えても、彼がこのお見合いに乗り気でないことは明らかだった。苦虫でも噛み潰したような顔、とはこのことだろう。

けれど、私も彼も、このお見合いを断ることはできないのだ。

このまま私たちは婚約を経て結婚する。いわゆる政略結婚、にあたるのだろう。

私はこのため……つまり政略結婚の駒にされるために引き取られ、育てられてきた。

ぼんやりと天城さんを見つめた。それにしても、天城さんと呼ぶべきか、天城先生と呼ぶべきか。彼はドクターだ。

それも、ちょっと特殊な。

◇◇◇

『海雪、お前の見合いが決まった。詳細は雄也《ゆうや》に聞きなさい』

二十四歳の誕生日にそう言われ、私はただ頷いた。このために育てられてきたのだから、否はない。家のために政略結婚を受け入れることは、実母がやってしまった不義に対する、私ができる唯一の贖罪《しょくざい》だ。

お見合いというよりは、結婚相手との顔合わせと言ったほうがいいだろう。

ただ、腹違いの兄である雄也さんから聞いたお見合い相手……いや、婚約者の名前には目を丸くした。

『天城……天城柊梧先生？』

知っている名前に目を丸くする。もっとも、天城先生のほうは私のことなんか顔すら認識していないかもしれない。

私は父が経営する神奈川県内の病院のうちのひとつで、消化器内科医でもある兄、雄也さんの秘書をしていた。地域ではトップクラスの医療技術を誇り、県から救急指定もされている総合病院だ。雄也さんは若くして副院長を任され、実際その期待に応えていた。まだ三十歳だというのに、すごいことだと素直に尊敬している。多忙すぎて秘書だって複数人いるくらいだ。なのに疲れなんて全く出さずいつも朗《ほが》らか。そんな雄也さんは私を安心させるように微笑んだ。

引き取られた高尾《たかお》家の中で、彼だけは私に優しい。

『そうだよ。天城……あいつ、僕の高校の同級生なんだ』

『そうなんですか？』

『うん。だから、人となりは保証する。少し無愛想かもしれないけど、真面目なやつだし、腕のいい医者だ』

私はおずおずと頷いた。

天城柊梧先生は、私が秘書として勤務する病院に時折派遣されてくる救急救命医だ。まだ医師としては若手なのにかなりの技術もあり有能で、さらには眉目秀麗なこともあって院内では有名人だった。ただ、彼の本職は別にある。

海上自衛隊の医官……つまり自衛隊のドクターだ。普段は基地の病院に勤務したり自衛隊の艦船に乗船したりなどして隊員の健康管理や急病などに対応し、ときには国内外の災害地に派遣されることもあるという。

そんな自衛隊の医官は技術研鑽《けんさん》のため、民間病院の救急救命センターなどにも派遣される。自衛隊では通修というらしいのだけれど、その派遣先が雄也さんが副院長を務めるうちの病院なのだった。

『でも……なんで私が自衛官の天城先生と？　私って、その』

政略結婚の駒として引き取られたのですよね？とは雄也さんにはとても言えそうにない。お義母さんや妹にないがしろにされ嘲笑される私を、彼だけは辛そうに、ときに庇《かば》ってくれることさえあった。もちろんそれは、母がしてしまったことに対する当然の罰なのだと理解はしていたけれど……それでも、雄也さんだけは私を人間として見ていてくれた気がする。気弱だけれど、そのぶん優しい人なのだ。

実際、患者さんたちにも慕われている。口に出すのもおこがましいけれど、自慢の兄だと、そうこっそり思っている。

案の定、言葉を濁した私に雄也さんは悲しそうな視線を向ける。しかし切り替えたように微笑むと、『あいつは天《あま》城《ぎ》会《かい》病院《びょういん》の三男だよ』と教えてくれた。

『天城会病院！』

日本最大の医療法人だろう。国内どころかハワイにまで分院がある。そんな大きな病院のご子息だっただなんて。

『まったく知りませんでした』

『あいつ自身、そう表に出していないしな。本人は自分はいち自衛官だとしか思っていないだろう』

『でも、それなら……どうしてお見合いなんて』

『ああ』

雄也さんは小さく笑い、それから首を傾げた。

『詳しくは、まあ、本人から聞くだろうけれど……変に母さんあたりから耳に入ってもなんだから伝えておくと、天城は結婚さえすれば……つまり、うちの病院との繋がりさえ作ればあとは自由にしていいと言われているようなんだ。もともと実家に関わりたくなくてボウイに入るようなやつだから』

『ボウイ？』

『ああ、防衛医大。あそこは学費がかからないし、幹部自衛官としての訓練も兼ねるから給料まで出るんだ。もちろんそのぶん大変だろうとは思うけれど』

『そうなんですか……』

それだけ大変な思いをしても、ご実家の世話になりたくなかった。なにがあったのかまではわからないけれど、それだけの確執《かくしつ》があったのだろう。

そう考えて納得し、頷いた。

天城先生は天城会病院にこれ以上関わりたくなく、私とのお見合いを……ううん、結婚を了承したのだ。

『見合いといっても、そう気張ったものじゃない。天城がどこかでランチでもと言っていたから、とりあえず話だけでもしてくるといい』

雄也さんが微笑む。私も頷き返しながらふと思った。

天城先生でよかったたって。

一か月ほど前だろうか。天城先生が救急搬送されてきた患者さんの心臓マッサージにあたっているところに出くわした。

『戻って来い！』

必死な声だった。患者さんの命を決して失わせはしないという悲愴《ひそう》なほどの決意に満ちた力強い声だった。

いいドクターなのだろうなと思った。自然と湧いてくる尊敬の念にぐっと拳を握る。

どうか患者さんが助かりますように。それだけを願った。

そんな尊敬する天城先生となら……もしかしたら、いい家庭を作れるのかもしれない。頑張ってみたい。愛されたいとまでは願わない、ただ家族として接してくれたのなら……。

そんな想像をすれば、ほんの少しだけ胸が温まった。

◇◇◇

「海雪……という名前はどなたが？」

ハッとして前を向く。息の詰まる空間についぼうっとしてしまっていた。

「あ、あの？」

「……心ここにあらずのようですね」

淡々とした口調で返され、顔から火がでるかと思うほど恥ずかしい。

「も、申し訳……」

「謝罪が欲しいわけではありません」

すみません、と言いかけて口を噤《つぐ》む。謝るなと言われた矢先にこれだ。ちらっと彼に目をやると、彼は白ワインを一気に飲み干したところだった。寄せられた眉に肩をすぼめる。不快にさせてしまったのだろう。目線をうろつかせたあと、思い切って口を開いた。

「わかりません」

不思議そうに目線を上げた天城さんに、なんとか言葉を続ける。

「あの、名前をつけてくれたのは……誰だか、知らなくて」

きっと母なのだろうと思う。けれど実母と過ごした日々は遥か昔すぎて、セピア色にくすんでよく思い出せない。ふたりきりで、決して裕福とは言えなかったけれど幸せだった……と思う。優しい人だった。そのぬくもりは、もう遥か遠く。

実母が病気で亡くなり、突然現れた父によって高尾家に引き取られたのは、幼稚園に入園するより前のことだった。

「そうですか」

そう言ってまた外を見る天城さんと、無言で食事を続ける私。

お互いに急なことすぎて、感情が追いついていないのかもしれない。政略結婚することを子どものころからお義母さんに言い聞かせられていた私と違って、天城さんにとっては寝耳に水だったのかもしれないし。

それでもいつか、時間をかければ……ちゃんと家族になれるよね？　家族というものを知らない私ではあるけれど。

ちらっと彼を見るも、結局食事の最後まで視線はまっすぐに私を捉えることはなかった。

「お見合いどうだったの？」

帰宅するなり、お義母さんと三つ年下の妹、愛奈《あいな》さんがリビングのソファに座ったまま聞いてきた。奥にある広縁のリクライニングチェアでは、お父さんが新聞を読んでいる。こちらに視線も向いていない。

お義母さんたちが座るソファ前のローテーブルには、数点のアクセサリーが並んでいた。さっきまでデパートの外商さんが来ていたのだろう。

「あ、はい……ええと、真面目そうな方です」

そう答えると、愛奈さんが「やっぱりね！」と唇を歪めて笑う。

「自衛官でドクターなんて絶対に真面目一徹で垢抜けなくて面白味なさそう。よかったあ、この話が来たのがあたしじゃなくて海雪で」

「愛奈。あなたはお見合いなんかじゃなくて、好きになった人と自由に恋愛していいのよ」

お義母さんの言葉に愛奈さんは「だよね、家のための結婚なんて願い下げ」と買ったばかりとおぼしき指輪をいじりながら頷く。愛菜さんは、きらきらと照明の明かりを反射して眩いそれを指につけたり外したりして遊んでいる。

「お見合いなんていつの時代よ」

「でも海雪みたいな子にはお見合いがちょうどいいわ。自由に恋愛なんてさせたら、男を取っ替え引っ替えして高尾家の名前に泥を塗るでしょうから。なんせ、あのふしだらな泥棒猫の娘ですもの！」

哄笑《こうしょう》するお義母さんに「……申し訳ありません」と頭を下げる。

実母が、父と不倫して私を産んだのは事実だ。ＤＮＡ鑑定までしたらしいとのことだから、疑いようがない。

「海雪」

記号でも読み上げるような無機質で低い声に、広縁のほうに顔を向ける。お父さんは新聞から視線を逸らさないままに続けた。

「お前たちの婚姻は、うちの病院が海外展開するための足掛かりだ。言っている通り、できるだけ早く進めなさい。ようやく家の役に立てるのだから、くれぐれも余計なことなど考えないように」

余計なことってなんだろう、と一瞬考えて、要は逃げるなという意味だと思い至る。

「はい。誠心誠意、妻として精進していこうと考えています」

お父さんは私の様子なんか相変わらず興味のない顔で、とくに返事もしなかった。

おそらく及第点の答えだったのだろう。もし意に反した言葉を返そうものなら、途端にお義母さんに『きちんと教育しておくように』と鋭く言いつけるに違いなかった。

そうして待っているのは、思い出したくもない心ない言葉の数々だった。

そうならなかったことに、ほっとして胸を撫でおろす。

「では、失礼します」

もう一度頭を下げて母屋のリビングを出ようとドアノブに手をかけた私の背中に、こつんとなにかが当たった。

振り向くと、絨毯《じゅうたん》に指輪が落ちていた。大きな赤い宝石が嵌《はま》ったものだ。

「それ、もう飽きたからあげるー。新しいの買ったし」

愛菜さんが唇を歪めた。一瞬よくわからない感情で苦しくなるけれど、そっと息を吐く。

……この人たちをこんなふうにしてしまったのは、きっと私と実母だから。苦しませて、歪めてしまった。ごめんなさい、と心の内で呟いた。

実母と父が道理を外れたとしても、せめて私が生まれてさえいなければきっと、もう少しお義母さんの心の持っていきようもあったはずだ。

指輪を拾い、ローテーブルに置く。ことりと冷たい音がした。

「お気持ちだけ……その、私にはこんな素敵な指輪、似合いませんから」

答えを聞く前にリビングを出た。

シンと冷えた長い廊下を歩きながら、初めて実母の不義を理解したときのことを思い返した。幼少期から『泥棒猫の子』だの『存在が汚い』だのは言われていた。けれど、小さかった私はその意味を理解していなかった。

『お母さんはきっと、すごく悪いことをしたんだ。だから私も嫌われているんだ』

それだけは、身に染みていた。

小学校高学年くらいのころに、当時流行していた不倫をテーマにしたドラマをお義母さんに無理やり見せられた。ひとつの家庭が、ぐちゃぐちゃになっていく。

『ひどいわよねえ、でもあなたの母親がしたのってこういうことよ』

そう言ってお義母さんは続けた。

『まあ、お父さんはあたしを選んだけれど。残念だったでしょうねえ、お金目当てで人の夫を誑《たぶら》かして、けれど手には入らなくて。あなたまで身ごもって……結婚できないのならとお父さんにお金の無心をしているうちに、堕ろせる期間を過ぎてしまったの。それで仕方なくあなたを産んだのよ』

ぼうぜんとする私に、お義母さんは笑う。

『あなたは、誰にも望まれずに生まれてきた子。誰からも必要とされていない人間よ。いままでも、これからも、一生』

ぽろり、と涙が零れた私を忌々《いまいま》しそうにお義母さんは見下し、鼻を鳴らす。

『なにを泣いているの、加害者のくせに。泣きたいのはこっちよ！』

『謝りなさい、謝れ』、そう詰め寄るお義母さんに必死で頭を下げた。

思い出した記憶は、いまだなまなましい。はあ、と何度か深呼吸を繰り返す。大丈夫、大丈夫、私はひとりで大丈夫。

深呼吸を繰り返しつつ廊下をぐるりと回ると、外廊下に繋がる扉がある。

その外廊下の先にあるのが、私が小さいころからひとりで暮らす離れだ。和室と洋室、キッチンなんかの水回りが完備されている。

「あら、おかえりなさい海雪ちゃん。お見合い、どうだった？」

住み込みお手伝いの大井《おおい》さんが、パタパタとキッチンから出てきた。大井さんは小さいころから私の面倒を見てくれている女性だ。彼女には私と同じ歳の息子、毅《つよし》くんがいて、彼は私同様に雄也さんの秘書をしていた。有名大学を優秀な成績で卒業した毅くんを、雄也さんが自分の秘書にと希望したのだ。

彼とは幼なじみと言っていいだろう。大井さんが住み込みである関係で、必然的に一緒に過ごす時間が多かった。私の交友関係に厳しかったお義母さんも、なぜだか毅くんとだけは遊ぶのを黙認してくれていた。ずっと不思議だったけれど、大人になったいまならお義母さんの考えていたことがわかる。お義母さんは大井さんをはじめ、お手伝いさんたちのことが最初から視界に入っていないのだ。だから私が毅くんと遊ぼうがなにをしようが、どうでもよかったのだ。

ただ、私が言われた通りに政略結婚さえすれば、それで。

毅くんは物腰が柔らかくて穏やかな男の人だ。同じように大井さんも穏やかで明るく、私は本当の母のように彼女を慕っていた。

戸籍上の家族である、高尾家の人たちより、よほど。

「海雪ちゃん？」

ついぼうっと過去を思い出していた私は、慌てて肩をすくめて「ものすごく無言でした」と苦笑した。今日はなぜだか色々と思い返してしまう。

お見合いが少しだけ重苦しかったから、気疲れしてしまったのかもしれない。

「無言って？」

「お相手のかたと、全然会話できなかったです」

「あらぁ、それは海雪ちゃんがあまりにも綺麗で緊張してしまったのね」

「まさか！」

目を丸くすると、大井さんは明るく笑って「絶対にそうよ」と断言する。

「海雪ちゃん、とっても美人なんだもの。うちの毅なんて、海雪ちゃんを前にするといつもぽおっとしちゃって」

「そんなこと……」

苦笑しながら短めの髪に手で触れた。

本当は伸ばしてみたいと思っている髪の毛。けれど髪の長かった実母と面影が被るからと、お義母さんに禁じられているのだ。同様に、華やかに着飾ることも。

いつもモノトーンに近い服装で、化粧っ気もない。自分のことを〝綺麗〟だなんて思ったことがない。

「お目目もぱっちりで、まつ毛も長くて。あーあ、あたしもこんなふうに鼻筋が綺麗だったらよかったのに」

大井さんは何度も私のことをかわいい綺麗だと褒め倒して、それから慌てたように時計を見た。

「あら、もうこんな時間！　母屋のお夕食手伝いに行かなくっちゃ。海雪ちゃんのはキッチンに置いてあるからね」

「わ、ありがとうございます」

私が成人してからはお世話係を外れたというのに、時折こうして世話を焼きにきてくれる。

キッチンを覗けば、おいしそうな肉豆腐とサラダがあった。鍋にはお味噌汁も。

冷蔵庫から昨日炊いていたご飯を取り出し、レンジで温める。

ひとりで席につき、小声で「いただきます」と手を合わせた。

「結婚したら……」

小さく呟く。結婚したら、天城さんと家族になったら、私はこうしてひとりで夕食を食べなくても済むのだろうか？

誰もいないテーブルの向こうに、夫となった天城さんの姿を思い描く。あまりに想像がつかなくて、小さく笑ってしまった。

天城さんには、このまま結婚するまでとくに会うこともないだろうな。

「すぐにでも入籍するよう、お父さんには言われているけれど……」

式や披露宴はどうするのだろう？

天城さんは、こんな政略結婚で式なんかしたくもないのかも知れないけれど。

微かに嘆息する。

もちろん最初から恋愛なんて、諦めていた。

でも心のどこかで願っていた。本当に愛する誰かと、幸せいっぱいの中で結婚式を挙げられたら……って。

到底叶いそうにない。もっとも、そんな夢を抱くこと自体が不相応だったのだろう。

そう思った瞬間、テーブルに置いていたスマホが振動した。食事中だけれどマナー悪く開いて、メッセージの差出人に目を丸くする。

「天城さん？」

お見合い前に、雄也さんに連絡先を教えてもらっていたのだ。天城さんも雄也さんに聞いたのだろう。

メッセージを開くと、来週もう一度会えないかという内容だった。用件だけで、他の内容は一切なし。

「ええと」

困惑しているところに、もう一通送られてきた。結婚式の細々としたことを決めたいらしい。少し驚いたけれど、政略結婚である以上、式や披露宴も対外的にも必要なものなのかもしれなかった。

大丈夫ですと返すと、時間と待ち合わせ場所のURLだけが送られてきた。銀座《ぎんざ》の商業ビルだった。少し迷ってスタンプだけ送る。既読になったけれどそれ以上なにもかえってこなかった。

「……まあ、これくらいビジネスライクなほうが気楽なのかもね」

呟いて肉豆腐を口に運び目を丸くする。大井さん、これ、多分母屋の夕食用の和牛をこっそり使ってる。思わず笑ってしまいながら、めったに食べられない〝いい肉〟を堪能させてもらった。

翌週待ち合わせ場所である銀座にあるデパートの九階の空中庭園テラスに向かうと、天城さんはもう来ていた。芝生のあるスペースの手前で、茶色い紙袋を持ってじっと佇んでいる。

シンプルなシャツにボトムス、なのに人目を惹くのは長身と整いすぎるくらいに整った眉目のせいだろう。立っているだけなのに、チラチラと男女問わず通行人が彼に目線を送っていた。

「すごいな、天城さん……」

思わず感心してしまったあと、声をかけるのを少しだけ躊躇《ちゅうちょ》した。躊躇というか、気後れしてしまう。だってかっこよすぎる。自衛官だからだろうか、やけに姿勢もいい。

どうだろう、私、一緒にいて浮かないだろうか。

今日の服装はシンプルなブルーグレーのワンピースに真珠のネックレス、ヒールの高すぎないパンプスだ。……〝高尾家の家格〟のため、外出着は父の秘書をしている女性がいつも用意してくれていた。質のいいものだから服は天城さんと並んでいて浮きはしないだろうけれど、着ているのが私だ。大井さんは『綺麗』なんて褒めてくれるけれど……と、顔を上げるとばちりと天城さんと目が合った。

少し離れたところで挙動不審気味になっていた私を、彼はすでに見つけていたらしい。さくさくと歩いてくると私を見下ろして「こんにちは」と耳に甘く響く低い声で告げた。淡々とした口調だから、私に対する親しみとかそんなものがあるわけではないのだろうけれど、それでもいい声すぎて一瞬ドキッとしてしまう。それをごまかすように頬を緩め、頭を下げた。

「お待たせして申し訳ありません」

「……いや、俺が早く来すぎた」

微かに眉間にシワを寄せたままそれだけを告げて、ついてこいと言わんばかりに彼は私に背を向けた。慌ててあとを追えば、彼は芝生横のウッドデッキに設置してあるテーブルの前に立つ。

「……？」

意図がわからず小首を傾げた私に、彼は椅子を引いて座るように示す。慌ててお礼を言いながら座る。天城さんはそれに対して無言のまま、向かいの椅子に座り持っていた紙袋から透明のテイクアウトカップに入ったドリンクをふたつ、取り出した。

ひとつはブラックコーヒー。

もうひとつは、私が飲みたいな～と思っていたクリームたっぷりのデザート系ドリンクだ。抹茶風味。ストローだけでなく、わざわざスプーンまでつけてくれていた。

突然のことに目を瞬いていると、天城さんは変わらぬ表情のままコーヒーを飲み始める。

……これは、飲めということでしょうか。

「あ、ありがとうございます。いただきます」

そっと天城さんをうかがうも、天城さんの視線は明後日の方向だ。芝生広場のほうをなぜか険しい目つきのまま見つめている。

「……？」

疑問に思いつつも、とりあえずいただこうと蓋を開けた。まずはクリームをいただく派なのだ。

大学までは自由に使えるお金がなかったから、社会人になって初めてこの生クリームたっぷりのドリンクを飲んだときすごく感激した。それ以来、期間限定のものは必ず飲むようにしている。

ひとくちクリームを口に入れれば、甘くてふわふわのクリームと抹茶の苦味がマッチして最高においしい。ついつい頬を緩ませていると、ふと視線を感じた。目線を上げると、天城さんとパチリと目が合った。

天城さんはぐっと眉を寄せたあとに言う。

「たまたまそのカフェの前を通った。見合いのときに飲みたいと言っていただろう」

「……あ」

目を瞬き、ドリンクに視線を落としてからもう一度彼を見た。表情は変わらない。

でも、覚えてくれたんだ。私がいくら喋っても、生返事みたいなのしか返ってこなかったから、興味がないのだろうと思っていたけれど……まあ実際、興味はないのだろうけれど、でも記憶して、こうして買ってきてくれたんだ。

小さく笑う。

やっぱり、優しい人だ。

「よかった」

つい零れた言葉に、天城さんが微かに眉を上げた。

「なにがだ」

「結婚相手が、天城さんで……」

言った瞬間に、コーヒーを飲んでいた天城さんがむせた。

「あ、天城さんっ。大丈夫ですか？」

「っ、すまない」

私はしゅんと下を向く。

「いえ、すみません。変なことを言って」

「っ！」

天城さんがばっと顔を上げ、それから無言でコーヒーを飲んだ。相変わらず険しい表情のままで、その空気がいたたまれなくなった私は一生懸命にドリンクを口に運ぶ。

天城さんは喉が渇いていたのか、あっという間にコーヒーを飲み終わってしまう。

透明なカップの中で、残った氷が陽光に煌《きら》めく。

さすがにそのスピードで甘いデザート系ドリンクは食べ終われないというか、飲み終われない。ひとり慌てていると、ちらっとこちらをみた天城さんが「ゆっくりでいい」と耳心地のよい声で言う。

「すまない、慌てさせたな」

目を瞬き、天城さんの顔を見る。今度は目が合っても逸らされなかった。

「君のペースで構わない」

「……はい」

素直に頷き、春の日差しの中ゆっくりとドリンクを飲む。天城さんはなぜだかじっとそんな私を見ていた。観察でもしているのかなと思うくらい。

でも不思議と居心地がいい。

ここにいていいと言われているような、そんな気がした。

飲み終わると、天城さんがカップを紙袋に回収してくれた。

「もう少し休むか？」

「え？　あ、いえ、大丈夫です」

そうか、と天城さんは立ち上がる。私は天城さんについてテラスから建物に入った。

「……ブライダルのサロンを予約してある」

天城さんはどこからともなく現れたデパートのコンシェルジュさんにカップが入った紙袋を渡しながら私を見た。ブライダルのサロン？

少しだけ前を歩く天城さんの姿勢のいい背中を見つめ、すぐにウエディングの相談カウンターのことだと気が付いた。

「君はどんな式がいいんだ？」

歩きながら聞かれ、目を丸くする。そんなこと聞かれるだなんて思ってもいなかったのだ。

だってこの結婚は、私にとっても彼にとっても避けられない仕方のないもので、だからそれなりに無難な式や披露宴にするのだろうって……そこに、私の意思や希望が入る余地があるなんて思ってもみなかった。

だからびっくりして……びっくりしすぎて、少し夢見ていた結婚式についてぽろっと話してしまう。

「か、かわいい感じの」

「かわいい？」

天城さんは立ち止まり、私をじっと見つめてまた微かに眉を寄せた。ひええと脳内で叫んでしまう。かわいい結婚式なんて、天城さんは望んでなかったよね。ごめんなさいと言いかけた私に、天城さんはしっかりと頷いた。

「わかった。かわいい式だな」

そう言って天城さんはほんの少し頬を綻ばせた。どこか嬉しそうにも見える表情で、私は目を見張ってそのかんばせを見つめる。心臓が、なぜだろう、切なく甘くきゅんとした。

私ははっと胸元を押さえる。不思議なドキドキがどうしてか恥ずかしくて、そっと目線を下ろした。天城さんはそんな私に背を向けてまた歩き出す。広い背中を追って、私もまた歩き出す。

天城さんがふと歩くスピードを緩めた。私に合わせてくれたらしい。

「す、すみません。遅くって」

「いや、悪い。少し早足なんだ、その、仕事柄」

仕事柄と聞いてドクターであることを連想し、それから彼の自衛官という職務も思い出した。ドクターはともかく、自衛官は天城さんしか知らないけれど、確かにキビキビしたイメージはある。

「天城さんは、自衛隊ではどんなお仕事を？」

お見合いのときも聞いていたけれど、さらりと『医官です』としか教えてもらっていなかった。でもいまならもう少し踏み込めるのかな？と思い切って聞いてみたのだ。

思った通り、天城さんは「普段は基地で診療していて、たまに護衛艦なんかに乗ってる」と教えてくれた。

「護衛艦……って、なんですか？」

天城さんは微かに眉を上げる。慌てて頭を下げた。自衛官の奥さんになるのに、そんなことも知らないのかと思われた気がしたのだ。

「申し訳ありません、不勉強で……これから覚えていきます」

「……いや、知らなくても無理はない。単純に説明しづらいだけだ」

「そうなんですか？」

「ああ。……この際だから、少し説明しても構わないだろうか」

もちろん、と頷くと、天城さんは淡々とした口調で話し始める。

「護衛艦の任務としては、まずは補給艦や輸送艦……これはわかるか？」

「はい、なんとなくは」

おそらく字面通りに捉えていいのだろう。

「そういった艦船を文字通り護衛するのが任務だ。日本近海での訓練ならば俺たちのような医官は乗艦しないんだ。急病人が出てもヘリでオカの病院に搬送すればいいだけだから」

オカ、というのはおそらく陸地のことだろう、と頷く。

「けれど遠洋の訓練ではそうはいかない」

「ああ……それで『たまに乗る』んですね」

おそらく大きな訓練などのときだけ乗艦しているのだろうとあたりをつける。

「その他に、災害派遣もあるな。ヘリ搭載型の大型護衛艦には、ＩＣＵなどの設備もあるから、被災者の緊急手術も行える」

ＩＣＵとは、集中治療室のことだ。

さらに受けた説明によれば、入院用のベッドも三十床以上あるとのこと。それこそ巨大な動く病院と言ってもいい。

自衛官でドクターというお仕事だから、頭ではわかってはいたけれど、改めて天城さんの口から説明されると、すごいのひとことだ。誰かを救うために、日々頑張っている人なんだなあ。改めて尊敬の念が湧く。

「他に知りたいことは？」

淡々と聞かれ、私はそういえば、と確認しなおすことにした。横浜近くの海自基地なんて、あまり詳しくない私は横須賀《よこすか》しか思い浮かばなかったから、てっきりそうだと思っているのだけれど。

「あの、お仕事は横須賀基地に勤務されているので合っていますか？」

「ああ」

当たり前だろう、と思われただろうか。慌てて話題を変えようと思いついたことを口にする。

「忙しいですか？」

聞いてから、そりゃあ忙しいだろう、と思う。

天城さんがうちの病院に技術研修に来る頻度は、まちまちだ。というのも訓練中などは当然来られないし、その訓練期間もどうやら数か月単位らしいと知っていた。

「忙しいのは忙しいが……いまは休暇中だ」

「そうなんですか？」

「長期の訓練のあとは、しばらく休暇がある」

そう教えてもらったのと、彼が立ち止まったのは同時だった。

高級ブティックが並ぶフロアの一番奥に、そのブライダルサロンはあった。ガラス扉をスーツ姿の女性スタッフさんが中から開き、笑顔で私たちを招き入れてくれた。

「天城様、高尾様、お待ちしておりました」

案内されたのは、色調の異なる何種類かの白と上品なシルバーで統一された個室だった。ゆったりとした白い革張りのソファに天城さんと並んで座ると、ガラス製のローテーブルの向かいでさきほどのスタッフさんが丁寧に頭を下げてくれる。

「このたびはご婚約おめでとうございます」

「ありがとうございます」

反射的に頭を下げると、スタッフさんはニコニコと「失礼いたします」と言って向かいに座り、タブレットと数冊の分厚いパンフレットをテーブルに置いた。ちらっと横に目をやると、天城さんはソファに座っていても気持ちがいいほど姿勢がいい。

「式場を探されているとおうかがいしておりますが……ご希望などはございますか？」

「かわいい式にしたいんですが」

天城さんがサラリと言う。私はやっぱり目を丸くしてしまう。私の希望なんて聞いちゃっていいんだろうか？

だって政略結婚で。

私の意思なんか、どうでもいいはずで。

でも天城さんは、どうやら私の意思を尊重しようとしているらしかった。

なんて優しい人なんだろう、気持ちもない相手に……。

「かわいい式ですか。具体的にはどのような」

スタッフさんが私に微笑むと、天城さんはちらっとこちらに目を向けた。

「ええと……実現できるかは、わからないのですが」

なんとか、訥々《とつとつ》と説明する。

「こぢんまりとした教会で、優しいゆっくりとした雰囲気で」

言いながら「そんなの無理だよね」と諦めモードに入っていく。

第一、政略結婚なのだ。少しでも華やかに、病院同士の結びつきをアピールする場でなければならない。

「あ、あの。多分無理だと……」

言いかけた瞬間、天城さんと目が合った。天城さんは「ならそうしよう」となんでもないことのように言う。

「披露宴は……俺の家のこともあるし、できれば人を多く呼べる会場にしてもいいか？　ただ式は……そうだな、ふたりきりでもいいと思う」

「え」

ふたり？

「海外のほうがいいか？　悪いが職務上、できれば国内が望ましいんだが」

「あ、えっと、場所にとくに希望はないのですが」

「そうか」

会話しつつもびっくりしっぱなしの私から目を逸らし、天城さんはスタッフさんにいくつかの候補名を挙げた。すらすらと地名やホテルの名前が出るのはどうしてだろう？　……式場を事前に調べていた？

そんな考えに至って、「まさか」と頭の中で苦笑した。天城さんのことだから、家やお仕事のお付き合いでいろんな方の結婚式に参加されていて、それで記憶していたのだろうなとひとりで納得する。

「ああ、その中でしたら、こちらの教会がご希望にぴったりかもしれませんね」

そう言ってスタッフさんがタブレットをいじり、ディスプレイに表示してくれたのは、同じ神奈川《かながわ》県内の葉山《はやま》にある小さな教会だった。木造の温かな雰囲気のチャペル。大きなガラスから差し込む日差しは夕方のものなのだろう、バージンロードに並べられたキャンドルが一層輝いて見える。

「わあ……」

思わず見惚れてしまった。なんて素敵なんだろう。

「見に行くか。明日の予定は」

「あ、明日ですか」

「急すぎたか？　なにか用事が」

「いえっ、とくになにも……」

予定もなく出歩くといい顔をされないので、休日は基本的に離れにこもっていた。やることといえば、読書か、離れの小さな庭の手入れくらいだ。

「なら、明日」

天城さんにそう言われ、驚きすぎて小さく頷いてしまった。もっとも、性急なのは単純に私たちができるだけ早く結婚する必要があるからだろう。

その後披露宴を開く横浜と横須賀のいくつかのホテルの候補を挙げてもらい、どこかほわほわした気分のまま渡されたパンフレットを眺める。信じられないのだ。意に染まぬ、避けられない政略結婚の相手のためにわざわざ式場を見に行く?

私の横で、天城さんは真剣な面持ちでパンフレットを見つめている。適当にスタッフさんに任せてしまえばいいのに、真剣に私の意思を尊重して決めていこうとしてくれている。

やっぱり天城さんは優しい人なんだ。

そう確信したとき、スタッフさんのスマホが震える。画面を確認した彼女は「葉山の見学の予約、とれております」と微笑んだ。

デパートを出ると、すっかり夕方になっていた。少しだけ肌寒い。

「送る」

天城さんがちらっと私を見て言う。つまり今日は解散ということだろう。

「いえ、電車で……」

「ひとりでは危ないだろう。それに、いまの時間帯は混むからだめだ」

断定的に言われ、おずおずと頷く私を見て天城さんは少し思案する。スマホを取り出し、どこかにメッセージを送ったようだった。

「君の自宅近くの公園まで高尾が来るそうだ」

私は微かに首を傾げる。雄也さんが迎えにきてくれる？

公園……というと、野球もできるようなグラウンドがある大きな公園のことだろう。

家までは目と鼻の先だ。

「そこまで送ってくださるなら、歩いて……」

「だめだ。もう暗い」

目を瞬く。どうやら心配してくれているらしいとわかって、その優しさに素直に甘えることにした。

天城さんの車は、デパートの地下駐車場に停めてあった。コインパーキングも兼ねているらしい。

天城さんの車は、海外のSUV車だった。おそるおそる革張りのシートになっている助手席に座った。目新しくてキョロキョロとしてしまう。

「どうした？」

運転席に座った天城さんに言われ、慌てて「すみません」と目線を下げる。あまりに子どもじみた行動だっただろう。

「あの、助手席に座るって、生まれて初めてなので、つい」

高尾家の車に乗ったことはある。父の秘書さんが運転する送迎の車だとか、雄也さんが外出するときに一緒に乗ったりだとか……でもそのときは秘書で運転手でもある毅くんが運転するし、私は後部座席で雄也さんの横に座る。

いままで男性と付き合ったことがあれば助手席に座る機会もあっただろうけれど……と、天城さんがすっと私に手を伸ばす。

「え？」

思わずぽかんとした、私の面前に彼の端整すぎるかんばせが近づく。怜悧な印象を抱く目元は広すぎない二重、まつ毛が思ったより長い。微かに伏せられた目と、至近距離で目が合った。

心臓が、どくんとひとつ、脈打った。

呼吸が止まるかと思った。

しゅるり、とシートベルトの音がする。天城さんが離れて初めて、彼が私のシートベルトを着けてくれたのだと気が付いた。

「……あ」

「出るぞ」

私のほうをもう見もせずに、天城さんが車を発進させる。

「ありがとう、ございます……」

「……いや」

ぶっきらぼうに彼は言う。その整った横顔に浮かぶのは涼しい表情だけだ。

どきどきしたのは、私だけ。

そう思うと妙にもの寂しい気分になって、少し不思議に思う。窓の外を夕日に照らされたビル街が過ぎ去っていった。

公園の前に着くと、街灯の下で雄也さんがにこやかに手を振っていた。車を降り、挨拶をしようと振り向くと、天城さんも運転席のドアを開いたところだった。

「こっちの事情で悪いな、天城。うちでコーヒーでも、と言いたいところなのに」

雄也さんが天城さんに声をかける。こっちの事情で？　首を微かに傾げるも、雄也さんに気が付いたそぶりはなかった。

「――いや」

車を停めて、わざわざ天城さんは歩道まで来てくれた。雄也さんの横に並び、ふかぶかと頭を下げる。

「今日はありがとうございました。……あの、ドリンクもごちそうさまでした」

天城さんは微かに眉を上げる。それから「また明日」と淡々と言って、ちらりと雄也さんと視線を交わして車に乗り込む。走り去っていく赤いランプを眺めながら、雄也さんがぽつりとつぶやいた。

「もっと海雪と一緒にいたかっただろうなあ」

「え?」

きょとんと雄也さんを見上げる。雄也さんは不思議そうに私を見て、それから「実は」と眉を下げる。

「あいつが海雪を家まで送らなかったのにはな、理由があるんだ」

「理由?」

暗い住宅街を歩きながら聞き返すと、雄也さんは自嘲気味に目線を逸らす。

「僕は……ふたりの結婚はなにがなんでもうまくいってほしいと願っていて。だから、母さんや愛菜には極力関わってほしくないんだ。まぜっかえされると厄介だ」

私はああ、と頷いた。ふたりとも苛烈なところがある。プライドが高く、常に自分が持ち上げられていないと不機嫌になるお義母さんや愛菜さんが、不愛想な天城さんに『この人はうちにふさわしくない』などと主張することだって考えられる。天城さん、多分他人の機嫌をとったりするタイプじゃないし。

そんなことになって、せっかくまとまった話を反故にされたりしてしまうと、病院としても損失が大きいのだろう。

家に戻り、挨拶のためリビングに向かおうとすると、雄也さんが私の肩を引く。

「今日はいいよ海雪、疲れているだろ？　朝晩必ず挨拶しろだなんて、あれは海雪に嫌がらせする口実を探しているだけなんだから、無視していいんだ」

「でも」

逡巡《しゅんじゅん》したとき、ワンピースの裾が目に入る。私のお給料だけでは到底買えない、一流ブランドの品がいい上質なものだ。

それだけじゃない。

小さなころから、いろんなものを与えられてきた。ピアノにお花、茶道、英会話。有名女子大まで出してもらえた。それがたとえ私に政略結婚をさせるために、できるだけいい駒にするためにと教育されたことだとしても、冷遇されてきたとしても、どれだけ厳しくされてきたとしても。

思い返せば、放課後も休みの日もお稽古事でスケジュールはみっちりで、出された課題でいつも寝不足気味。学校の授業やお稽古でうとうとしてしまったのがお義母さんにばれると、何時間でも怒鳴られ続けるため、とにかく眠気をさますことだけ考えていた時期もある。

そんな私を尻目に、同級生や妹が遊んだり旅行に行ったりするのを見て羨ましいと思うことだって、正直なところ、あった。

それでも育ててもらったのだ。文句を言える立場ではない。

「挨拶くらいは大丈夫です、雄也さん」

「海雪……」

雄也さんが肩を落とす。

「ごめんね、いつも辛い思いを。僕がもう少し強ければ……海雪は、なにも悪くないのに」

「え？　そ、そんなことないです。私は大丈夫」

そんな会話をしていると、ちょうどリビングの扉が開いた。顔を出したのは大井さんだった。私たちを見てから、さっとドアを閉めて近づいてくる。

「ぼっちゃまおかえりなさい。海雪ちゃん、どうだった？　デート。お見合い翌日にデートだなんて、それも結婚式場の打ち合わせだなんて、情熱的ねえ」

うきうきとした様子の大井さんに曖昧《あいまい》に首を傾げる。天城さんが式場選びなんかを急ぐのは、早く私なんかとでも結婚していち早く実家から解放されたいからだろう。

「大井さん、誰か来ているんですか？」

雄也さんの言葉に、大井さんが肩をすくめてみせた。雄也さんは露骨に眉を顰《ひそ》める。

リビングに入ってみれば、テーブルの上にいくつもの反物が並んでいた。ふたりが懇意にしている外商さんが揉み手せんばかりに相好を崩して立っている。私に目もくれないのは、私に愛想をふりまいても無駄だと知っているからだ。

「母さん、愛菜。また外商呼んだのか？」

眉を吊り上げた雄也さんに、愛菜さんはツンとそっぽを向く。

「いいじゃない。それにこれ、その人の結婚式にあたしが着る振袖の反物よ？　その人のために着飾ってあげようっていうの」

愛菜さんは意に介す様子もなく、反物選びに夢中になっている。お義母さんもアクセサリー選びに集中していて、雄也さんの言葉にも反応しない。

「あらこれ素敵ねえ」

「さすが奥様。お目が高い。こちら天然真珠の……」

私は「ただいま戻りました」と頭を下げてリビングを出た。返事はない。

「ゆっくり休んで、海雪」

わざわざ廊下に出て声をかけてくれた雄也さんに微笑み、離れに戻った。

お風呂に入りながらぼんやりと今日一日を思い返す。

私が飲みたいと言っていたドリンクを買ってくれたこと。結婚式を私の希望に沿ったものにしようとしてくれていること。初めて助手席に乗ったこと……至近距離にあった、整った端整な眉目。

思い出してぽっと頬に熱がこもる。なにこれ！

私は慌てて湯船から上がり、冷ためのシャワーを浴びる。あまり意識しちゃだめだ、とぼんやり思う。もしも天城さんに恋してしまったら、きっと辛いだろう。だって、決して返ってくるような感情ではないのだから。

尊敬と……それから、少しの憧れくらいが彼に抱く感情としてちょうどいいのじゃないかと思った。

彼のほうも、私に恋心なんて生涯抱かないだろう。なにしろあれだけ完璧な人なのだ。なにも好き好んで私なんかに恋する必要はない。

ただ、婚約者として、それから将来の妻として大切にしていこうという気持ちが垣間見える。たとえ様々な思惑の絡む政略結婚だからであろうと、大切にしようとしてくれているその気持ちがとても嬉しい。だから、私も彼を医師として、夫として尊敬し、支え合っていけたらいいなと思う。恋愛感情なんてなくとも、家族として愛し合っていけたなら、それに勝る幸福はないに違いない。

翌朝も穏やかな晴天だった。母屋の食堂に朝の挨拶に行くと、父と雄也さんしかいなかった。まあたいていはこんな感じだ。お義母さんと愛菜さんはいつもお昼くらいにならないと起きてこない。昨夜も外商さんが帰ったあと、表に車が乗りつける音がしていた。どこかに出かけたようだったから、きっと朝帰りだったのだろう。

「おはようございます」

ふたりが向かい合っているテーブルに向かって声をかける。重厚な飴色の木製の机には、オムレツに数種類のパン、ヨーグルトやフレッシュジュースが並んでいる。

当然、私の分はない。

「おはよう」

挨拶が返ってきたのは、オムレツを食べていた雄也さんからだけだった。父はこちらを見もしない。けれど、見もしないまま「海雪」と私を呼んだ。

「はい」

「天城の三男とは順調なんだな」

「親切にしていただいております」

そう答えた背後で、ぎいっと扉が開く。振り向くと、愛菜さんが青い顔で立っていた。二日酔いみたいだ。

「あはは、お父様」

愛菜さんはまだ少しお酒が残った口調で続ける。

「この人はね、実の母親に似てすっごくふしだらに決まってます。清純そうな顔をしていますけど、本性は性根の腐った泥棒猫ですよ？　男ひとり誑かすのなんか、朝飯前に違いないです。心配せずとも、天城会病院とうちの提携は強固ですわ」

そう言って、テーブルの上にあった雄也さんのフレッシュオレンジジュースを一気飲みして、そして私の肩をトンと押す。

「しっかりと天城の三男に媚びて気に入られるのよ。汚い生まれのあんたにできるのは、それくらいのものなんだから」

思わず身体を硬直させた私を見て愛菜さんは楽しげに笑い、そのままフラフラと食堂から出て行った。

お父さんは、過去の不倫について娘が口にしたにもかかわらず、まったく気にしていない表情で、いつも通りにコーヒーを飲んだ。騒々しいな、くらいは思っているのかもしれないけれど。

「あ、愛菜！　海雪に謝れ……！」

はっとしたように立ち上がる雄也さんに、私は苦笑してみせる。

「大丈夫です」

「……さっきみたいなことは、よく言われているの？」

「そう……です、ね」

軽く俯く。

「……ごめんね、気が付いてあげられなくて」

「そんな」

幼少期から医師になることを定められていた雄也さんは、基本的に家に不在がちだった。小学生のころから進学塾に通い、さらに高校進学後は、予備校のあと医学部受験専門の塾にまで通っていた。そのため帰宅はいつも深夜。お稽古ごとの課題で遅くまで起きている私を心配して、夜食を持って離れまで顔を見せに来てくれていたけれど、私よりよほど疲れていたと思う。

また、進学した大学は関西にあったため、家を離れてひとり暮らし。

病院に勤務しだしたいまが、もしかしたら雄也さんは一番実家で過ごしている時間が長いのかもしれない。そんなこともあり、愛菜さんがあそこまで苛烈に私に対し罵るさまを見るのは初めてだった。

「ごめんなさい……」

「どうして海雪が謝るんだ」

「それは……」

私は言いよどむ。だって、愛菜さんが苛ついているのは私のせいだから。雄也さんにとって、愛菜さんはかわいい妹だ。あんなふうに、誰かを嘲る姿を見るのは、きっと辛いことだったに違いない。

「私のせい、なので」

「そんなことはない、絶対にないんだよ海雪」

悲しそうにする雄也さんの向かいで、父はさきほどと変わらず、泰然としてコーヒーを飲んでいた。

内心でため息をつき、頭を下げて離れに戻る。我関せずと顔に書いてある。

トーストを焼き、冷凍しておいたスープを温める。台所の小さなテーブルにそれらを並べ、手を合わせて「いただきます」としっかり口にした。

食べ終わって、時計とにらめっこしながら出かける準備をした。

「それにしても……天城さんとお出かけすることになるとは想定してなかったな……」

ぽつりとつぶやきクローゼットの服を眺めた。こんなことになるとわかっていたら、おそらく〝高尾家の家格〟にふさわしい服装を用意されていたのだろうけれど……なにしろ、急だ。葉山に行くと聞かされても、お出かけどころか学校行事以外で遠出したことのない私は戸惑ってしまう。

昨日の天城さんについて考える。シンプルだけど人目を引く彼の横にいてもおかしくないだろう服装について四苦八苦しながらコーディネートする。結局黒のVネックのロングワンピースにした。七分丈で肌が見えるから、黒でもそこまで重くならない。メイクはいつも通り……のはずなのに、細かくアイラインを引きなおしてしまうのはなぜだろう。チークをいれる位置を迷うのはどうして。

鏡の中の自分を見つめる。あんなにこだわったのに、出来上がったのはいつも通りの自分だった。つい笑ってしまう。

家を出て、昨日送ってもらった公園まで向かう。ここで待ち合わせしようと昨日決めておいたのだ。葉山まで行くのに横浜まで来てもらうと遠回りだから、横須賀まで行きますと言ったのだけれど、断られた。

公園が見えてくる。すでに天城さんの車は道路の端に止まっていたため、いそいで駆け寄った。

「す、すみませんお待たせしました」

「いや、俺が早く来すぎた」

そう言う彼の横、昨日も乗った助手席に座る。天城さんはシンプルなカットソーに濃い色のジーンズを合わせていた。彼がちらっとこちらを気にするそぶりを見せたので、急いでシートベルトをしめる。天城さんはじっとそれを見ていた。

やっぱりなんか、観察されている気分。

天城さんが車を発進させる。横浜から葉山までは一時間ほどだろうと思う。しばらく無言の時間が続く。住宅街を抜け、車は高速道路に向かっていた。

「葉山に着いたら、まずは昼食をと思っているんだが」

唐突な感じで天城さんが言う。私はちょっと目を瞬いてから頷いた。

「もし葉山をあまり知らなかったら、お勧めのリゾートホテルがあるんだがどうだろうか。いいレストランがいくつか入っているんだ。地のものを使った料理なんかもある。君はなにか食べたいものはあるか？」

心なしか優しい口調で尋ねられる。葉山の地のものかあ。

知識としては知っているけれど、実際に訪れたことはない。家族旅行なんかする一家じゃないし、仮にしていたとしても私は置いていかれたはずだ。お義母さんと愛菜さんはしょっちゅう旅行しているみたいだけれど……。

「お恥ずかしながら、私、葉山の名物を知らなくて」

「……洋食か和食なら？」

「あの、天城さんは」

「俺はなんでも食べる」

端的に答えられて、「はあ」と曖昧な相槌を打った。

「ええと、洋食で」

わかった、と言う感じで天城さんは頷く。それきり会話はなくなって、私はフロントガラス越しに風景を眺めていた。運転したら、きっとこんなふうなんだろうな。

想像すると楽しくなる。

必要ないというお義母さんの判断で、車の免許は取っていない。ただ、運転できることには憧れる。

「……楽しそうだな」

ぽつっと天城さんが言う。私はハッとして頭を下げた。

「す、すみません」

そのまま助手席が目新しい理由をざっくりと説明する。免許を持っていないからこんな光景が珍しいのだと。

「いつか運転してみたいなとは思っていたんですけど」

結局、とる機会を逃してしまったなとぼんやり思った。

車は高速道路に入り、快調にスピードを上げていく。

天城さんは納得したように頷いた。

「免許か。わかった」

とても大事なことのように彼は言う。私は不思議に思いながらも、あっという間に流れていく風景に夢中になった。なにしろ高速道路なんてめったに通らないから。

けれど天城さんのうますぎる運転は、昨日あまり眠れなかった私には居心地がよすぎた。頭の奥が眠気でじんわり重くなる。

寝ちゃだめでしょう。

私は必死で目を見開く。ふ、と運転席で小さく微笑まれたような気がして天城さんのほうを見る。天城さんはまっすぐに前を見たまま「気にするな」とややぶっきらぼうにも思える口調で言う。

「着いたら起こすから、寝ていろ」

「でも」

「いいから、寝ろ」

不愛想な口調に確かに感じる優しさに、気が付けば素直に甘えてしまおうと目を閉じていた。

心地よいエンジンの振動の中、ゆりかごに揺られるみたいに、夢さえ見ずに私はぐっすりと眠る。

ふと意識が浮上したのは、こめかみにふと柔らかな体温が触れたような気がしたからだ。ぱちりと目を開けると、鼻先が触れ合ってしまいそうな距離に天城さんの横顔があった。びっくりしすぎて目を丸くする。頬に一気に熱がこもった。

天城さんもこれでもかと目を見張り、それから微かに眉を寄せて私から離れる。

「悪い。シートベルトが苦しいかと」

「え……？　あ、わあ、すみません！」

いつのまにか車は停止していた。周りにも車が停車している。どうやらどこかの駐車場のようだ。さっき言っていたリゾートホテルだろうか。あまりにも爆睡していたためか、起こさないよう気を使いながらシートベルトを外してくれていたらしい。

「ありがとうございます」

「……いや」

少し歯切れ悪く彼は言ったあと、ちらりと私を見て続ける。

「昼食にしようと思うんだが……その前に少し散歩でもするか？」

腕時計を見ると、すでに正午近い。ただ寝ていたせいか、あまり空腹は感じなかった。

「そうしてもいいですか？」

天城さんが頷いて車から降りる。私も助手席のドアを開け、思わず目を細める。すがすがしい、春の海のにおいが肺になだれ込んだ。

あたりを見回す。看板を見れば、どうやら富士山が見られる浜辺の近くのようだ。やはり、駐車場はホテルのものらしい。海沿いのラグジュアリーなホテルに向かって、天城さんについて歩く。

自動ドアをくぐると、すぐにホテルマンらしき男性がにこやかに頭を下げた。初老の白髪交じりの、穏やかそうな人だった。金色の名札をちらっと確認すると、敷島《しきしま》と書かれていた。

「天城様、お待ちしておりました。どうぞ」

「お久しぶりです。また世話になります」

「とんでもないことでございます。それにしても、あの小さかった天城のお坊ちゃまがついにご結婚ですか」

　敷島さんが目を細め、天城さんはほんの少し目元を緩めた。仲のよさそうな雰囲気に、旧知の間柄なのだろうなと思う。

「食事の前に、少し散歩させてもらおうと思うのですが」

　私はそっと天城さんを見上げた。食事、ということはいつの間にかレストランの予約までしてくれていたのだろう。……私がのんきに寝落ちしている間だろうか。

　お礼を言うタイミングを計っている間に、敷島さんが「かしこまりました」と微笑む。

　天城さんは勝手知ったる感じでロビーを突っ切り、奥まった場所にあるガラス扉を開いた。お礼を言いながら外に向かうと、ホテルの庭園兼海岸沿いを歩くことのできる遊歩道に出た。春の陽射しに輝く大海原の先に、シルエットのようになった富士山が微かに見えた。

「綺麗」

　思わずつぶやいた。私の横で天城さんが微かに息を呑んだのがわかる。仰ぎ見れば、天城さんはちょうど私から目を逸らしたところだった。

　松が植えられた遊歩道を並んでのんびり歩く。天城さんは相変わらず無言だったけれど、なんとなく、この静寂は嫌ではないな、と思った。穏やかに寄せては返す波の音も心地よい。

ふと、昨日は早足だった彼が意識してゆっくり歩いてくれていることに気が付いた。その優しさに心臓がぎゅうっとしてしまって、必死で冷静になろうと努力する。

「……ここは、俺がしばらく住んでいた場所なんだ」

ぽつり、と天城さんが懐かしむように口にした。

「そうなんですか？　いつまで葉山に？」

自然とふたり、歩みを止める。遠くで鳥が啼《な》き、ちゃぷんと波の音が響く。ざあ、と風が松葉を揺らす。

「葉山……というか、このホテルだな。中学のとき実家がごたついて、半年ほどこのホテルで暮らした。曾祖父の遺産問題に、病院の後継者問題が絡んで。そのときほど、俺が医者というものに失望した瞬間はない。周りは患者のことよりも、いかに自分が甘い汁を吸えるポジションにつけるかに目の色を変えていた」

天城さんは海を見つめ、苦いものを呑み込んだように声を掠れさせた。

「俺が強要されている将来は、こんなくだらないものか、と。ただ、当時たまたま虫垂炎《ちゅうすいえん》で入院した際に担当してくれた医者が……」

そう言って微かに言いよどむ。天城さんは私を見下ろし、それからまた海に目線を向けて言葉を続ける。

「その医者は、通修にきていた医官だったんだ。色々と話を聞いてくれて、聞かせてくれて……実は、そのときから防医を志していた」

思わず目を丸くし、納得する。これが、天城さんが実家から離れたがっている理由……。

でも、こんな広いホテルにひとりだなんて寂しくなかっただろうか。過去のことなのに妙に心配になった私に、天城さんは微かに頬を緩めた。

「ここでの暮らしは、悪くなかった。実家はいつもギスギスしていたし、常にプレッシャーをかけられていて……だから、実家から解放されて、ここから眺める海原が、好きだった」

そう言ってから軽く呼吸を整え、天城さんは続ける。

「君を連れてきたかったんだ」

「……え」

目を丸くした私に、天城さんはジャケットのポケットから取り出した小さな箱を渡す。勢いに押されるように受け取って、開いてみれば指輪だった。

きらきらしいダイヤが、春の陽射しに煌めいた。

「君にとっては」

天城さんはそう言って、わずかに目を細めた。

微かに息を吸い、彼は口を開いた。その仕草は、まるで緊張しているみたいにも見える。その仕草を不思議に思いつつ言葉の続きを待つ。

「君にとっては、この結婚は不本意なものかもしれない。それでも、俺は君を一生守ると誓う」

まっすぐな瞳と、ばちりと視線が絡まる。あまりにも真摯な色が浮かぶそれに、思わずはっと息をのんだ。

「結婚してください」

どこか熱さえ覚える誠実さを滲ませた声で言われて、いまいち現状が理解できない。いままでのクールな雰囲気とは、少し違う。心臓を高鳴らせ小首を傾げてしまった私の左手を取り、天城さんは薬指にその指輪を嵌めた。そうしてそっと顔を寄せ、うやうやしく薬指にキスを落とす。

驚きすぎて返事どころか呼吸さえ忘れる。心臓が早鐘を打ち、なんども瞬きを繰り返した。キスされた指先が、ひどく熱い。

私は天城さんを見上げ、ただ彼の精悍なかんばせを見つめ続けることしかできない。

天城さんはフッと頬を緩め、真っ赤になっているであろう私の頬を大きな手のひらで包み、そのまま親指の腹で目元を撫でた。

「あ、あ、あの」

返事をしなくてはと思うのに、うまく言葉が出てきてくれない。

「……無理をして返事をする必要はない。この結婚は決定事項なのだから」

天城さんは表情をもとの不愛想なものに戻し、そっと私から手を離した。遠ざかっていく体温に、どうしてか寂しさを覚える。

私に背を向け、天城さんはまた歩き出す。広くてまっすぐな、夫になる人の背中。なぜだか湧いてきた、抱き着きたくなる衝動を抑えつけ、彼の横に並んだ。

その後またしばらく歩き、空腹を感じ始めたあたりでホテルに戻る。ガラス戸の前に、敷島さんが待っていた。もしかしたら、天城さんが中学時代ここに滞在していたとき、彼がお世話係みたいなことをしていたんじゃないかなと思う。

敷島さんに案内されたのは、一階にあるレストラン、そのテラス席だった。相模湾《さがみ》が一望できるその席に座ると、さらりと春風が頬を撫でていった。ウェイターさんがテーブルにメニューとミネラルウォーターが入ったグラスを置いていってくれる。

「おすすめはありますか？」

「そうだな。海老はいけるか」

「はい、海鮮好きです」

ぽつぽつと会話をしながら、天城さんのおすすめや私が食べたいものを中心にアラカルトでオーダーした。伊勢海老の香草焼きは、お腹までたっぷりと香草が詰められていて、あまりにもおいしくて目を丸くした。そんな私を見て、天城さんがこっそりと頬を緩めたのは……私の見間違い？　一瞬すぎて、目の錯覚だったかもしれない。

食後の紅茶まで楽しんだあと、天城さんは「君さえよければ」と小さく言った。小首を傾げた私に、彼は続ける。

「いつか……結婚して落ち着いたら、このホテルに泊まらないか」

「私と……ですか？」

つい聞き返してしまった私に、天城さんは目を細め「そうだ」と頷いた。

「君と、また来たいんだ」

どうして私なのだろう。いままでは誰かと来たことはなかったのかな。過去の恋人だとか……と考えて、胸の奥にちりっと痛みが走る。

なんだろう、この感情。

不思議に思うけれど、同時にある結論にたどり着く。

思い入れのある場所だからきっと何度も来たいんだ。そして今回妻となる私と来てしまったから、敷島さんとかの目を気にして他の人とは来づらいのかも……うん、彼の誠実な性格からして、別の女性となんてありえないのだろう。

「はい、また来ましょう」としっかりと頷くと、微かに天城さんが肩から力を抜いたのがわかった。

再び車に乗り、山方面に二十分ほど車を走らせると、例のチャペルが見えてきた。四方を木々に囲まれた、瀟洒《しょうしゃ》な木造のこぢんまりとした教会だ。さっきまで結婚式が執り行われていたのか、大きな観音扉には上品な白のリボンがかかったリースが飾ってある。教会のさらに奥に、近代的なガラスをふんだんに使った白い建物が見えた。おそらくあちらは披露宴会場なのだろう。さらにその向こうには紺碧の海が見えた。

駐車場に車を止めると、スタッフさんがやってきてくれた。車を降りて挨拶をする。

「どうぞ、こちらです」

案内され、天城さんが扉を開く。私はその横で感嘆の声を自然と零した。タブレットやパンフレットの写真より一層、美しく輝いて見えた。壁に嵌まったガラスは全てステンドグラス。海のようなブルーを基調としたそれは、全て聖母マリアの受胎告知をモチーフにしているようだった。祭壇に続くバージンロードに、そのカラフルな影が落ちている。

天井には温かな色のシャンデリアが輝いて、木で作られている重厚な十字架を柔らかく照らしていた。

「さきほどまで式をしておりまして」

スタッフさんの説明に、やはりそうだったのかと頷く。教会じゅうに飾られた白百合がかぐわしい香りを放っている。ふと天城さんを見上げると、柔らかな視線と目が合う。

こんな目もするんだ。

目を瞬き……しばらく見つめ合うみたいになってしまう。ハッとして目を逸らした私を、天城さんは探るように見ていた。つい頬を緩めて彼を見上げた。

「素敵です、ここ」

「そうか」

天城さんはそう答えながら、私の手をそっと握る。温かで、大きくて、硬い指先が私の手を包む。心臓がぎゅっとした。どうして手なんか繋ぐんだろう。

彼は実家から離れたがっているだけなのに。そのために彼は私との結婚を受け入れただけにすぎないのに。

さっきの海沿いでの会話を思い出す。解放されたと言っていた。

早く彼を助けてあげたかった。そのために必要なのは、一日でも早い私との婚姻。

それもある。それもあるけれど……。

「天城さん。私、ここがいいです」

「……いいのか？　他にも見てみたらいいだろう」

愛想のない口調ではあったけれど、私のことを思ってくれているのがわかる。

それで十分だ。

「ここがいいんです」

私も、この教会をすっかり気に入ってしまった。天城さんが私のために選んでくれた、かわいい式のために考えてくれた、この教会が。

にっこりと微笑んだ。天城さんは少し眩しそうな目をした。

そうして、わずか一か月後、初夏にさしかかった爽やかな夕方に、私は約束通り、彼とこの教会で式を挙げた。

参列者はいない。披露宴をしっかりと行うと約束したことで、両家ともにあっさりと納得してくれたため、ふたりきりでの挙式だ。時刻はトワイライト——夕方と夜のあわいだ。空に紫紺と橙《だいだい》が混じり、沈みゆく太陽が金色に煌めく、そんな時刻。

私は白いマーメイドラインのドレス、天城さんは白のタキシード。とても似合っていて、少し胸が高鳴る。本当に、こんな素敵な人と結婚するんだなあって。

「病めるときも健やかなるときも、生涯その愛を誓いますか？」

神父様の言葉に、私たちは頷く。ステンドグラスが、チャペルの床に青を落とす。まるで海の中にいるみたいだ。海の底に沈む純白——バージンロードのキャンドルが、温かくゆらめく。

お互い、やむにやまれぬ婚姻だ。私は実家への贖罪のために、彼は実家から解放されるために。

「それでは、誓いのキスを」

神父様の言葉に、柊梧さんが私のベールをそっと上げた。真正面から視線が絡む。どきっとした。心臓を掴まれたような気分になる。

交換したばかりの、揃いの指輪が視界に入る。どうか穏やかな、家族愛に満ちた家庭が築けたら、と思う。

唇が、そっと触れてすぐに離れた。温かくて柔らかくて、とても甘いと思った。歓喜にもよく似た切なさで、ぎゅうっと胸の奥が苦しい。

ところでたった一か月で挙式をしたのは、天城さんが……柊梧さんが一日でも早い結婚を希望したからだ。入籍も同じ日に済ませた。やはり一日でも早く解放されたかったのだろう。披露宴は、彼の仕事の関係で三か月先を予定している。彼のご両親とは、一度だけホテルで会食の席を設けてもらった。

雄也さんに聞いた話だと、これで彼は実家からやることなすことに口を出されることがなくなるのだそうだ。彼は自分の実家に辟易としていたようだったから、よかったと思う。

「荷物は昨日届いたぶんで全部か？」

式のあと、式場のかたにいただいた百合の花束を胸に柊梧さんの車に乗り込むと、そう聞かれて頷いた。あたりはすっかり夜になっていた。

「そうです。昨日は荷物の整理を手伝っていただいてありがとうございました、天城さ……柊梧さん」

つい名字で呼んでしまい、名前で言いなおす。どうにもまだ慣れない。

柊梧さんは「いや」と小さく呟くように言う。私はそんな彼の横顔を見ながら、ふとさきほど触れた唇の温かさを思い出し頬が熱くなる。きっと真っ赤だ……！

ごまかすように窓の外を見る。暗い初夏の空に星がいくつか浮かんでいた。

私はそれを見つめながら、ぼんやりと昨日のことを思い返す。

◇◇◇

昨日、自分の荷物を柊梧さんとの新居となる横須賀市内のマンションに運び込んだ。彼が勤務する海上自衛隊の基地にほど近い、少し高台にある新築の低層マンションだった。その最上階の角部屋だ。

びっくりするほどセキュリティがしっかりしているそのマンションは、２ＬＤＫの日当たりのいい、海……横須賀港の見えるマンションだった。両面バルコニーのため、風が通り抜けていくのが気持ちいい。初夏の日差しの中、薫風を窓辺で楽しむ。

私は私物があまりなかったから、宅配業者さんに頼んで数個の段ボール箱を運んでもらった。家具家電は柊梧さんが元から使っていたものがあるとのことで、甘えることにしたのだ。

あらかた荷物が片付いて、ふうと息を吐いたとき、広いリビングで柊梧さんがふと私を呼んだ。

『海雪』

目を瞬く。初めて名前をちゃんと呼ばれた。びっくりして返事もろくにできていない私に、柊梧さんは微かに声を掠れさせて言う。

『気に入ったか？』

『え？』

きょとんと聞き返した私に、彼は続けた。

『この家』

端的に言われ、慌てて頷く。

『はい！　もちろん。景色もいいし使い勝手もよさそうですし。素敵な新居を探してくださって、ありがとうございます』

なんでも柊梧さんのお知り合いが紹介してくれたマンションらしかった。私の言葉に、そっと彼が息を吐いたのがわかった。どきりとする。まるで私に気を使っているみたいで……。

『ちょっと渡すものがある。いいか？』

言われるがままにソファに座ると、目の前のローテーブルに二枚のカードが並べられた。一枚はキャッシュカード、そうしてもう一枚はクレジットカードだった。

『好きに使ってくれて構わない』

『……え、っと……はい、ありがとうございます』

とりあえず、食費などは当面折半にしようと勝手に決めてカードを受け取った。クレジットカードは、よほどのことがない限りは使わないだろうとは思うけれど。

私が受け取ったのを確認して、少し彼は愁眉《しゅうび》を開いた。それから一冊のパンフレットを私に渡す。

『それから、ここ。すでに料金は支払ってあるから、君の都合のいいようにスケジュールを組んでくれ』

なんのパンフレットだろう、と表紙を見て思わず声が漏れそうになった。横須賀市内の自動車教習所のパンフレットだった。

『そ、そんな。申し訳ないです。教習代、払います』

『だめだ。……そう、必要経費だ』

意味がいまいちわからず首を捻ると、彼は『転勤があるだろうから』と答えた。

『俺は来年には千葉《ちば》にある防医に研修のため一度戻る。その後もう一度部隊配属になったあと、今度は自衛隊関連の病院で専門医として勤務する。その後部隊配属になるのか、勤務医となるのかはまだわからない。ただ、配属先によっては車がないと生活が不便な場所もある』

『ああ、なるほど。了承しました』

淡々と説明を受けた私はコクコクと頷きながら、嬉しい気持ちを抑えられない。

ずっと憧れていた運転免許！

『ありがとうございます、天城さん』

柊梧さんは一瞬眩しそうに目を細めたあと、『いや』と目を逸らして立ち上がる。

そのままどこかに行くのかと思いきや、彼は逡巡するように軽く咳払いをしたあと、

『頼みがある』と小さく呟いた。

『頼み……ですか？』

私は軽く首を傾げ、それから居住まいを正した。一体どんなお願いなのかはわからないけれど、こんなに真剣そうに言われれば聞かないわけにはいかない。

『なんですか？　私にできることなら、なんでも』

『柊梧、と』

柊梧さんはじっと私を見ながら続けた。

『天城ではなく、柊梧と呼んでほしい』

『あ……』

私は目を瞬き、それから頬が熱くなるのを感じる。そうだ、同じ苗字になるのだから『天城さん』は変だ。

『わかりました』

すぐさま頷くと、柊梧さんは『呼んでくれないか』とやけに真剣に言う。

『え、お、お名前を？』

『他になにがある？』

『そう、なんですがっ』

たったひとこと、名前を呼ぶだけなのに……それだけなのに、切なさに似た甘い緊張が、勝手に頬を熱くする。柊梧さんはじっと私から名前を呼ばれるのを待っている。

私は思い切って口を開いた。

『柊梧……さん』

柊梧さんは私を見つめたまま小さく、でもしっかりと頷く。そうして頬を微かに緩め『ありがとう』となぜかお礼を言って、今度こそリビングから出て行った。

私ももう少し荷解きをしようと立ち上がり、キッチンに向かう。明日から使うお皿を洗いながら、運転しやすい軽自動車を買いたいなと夢想した。披露宴前には退職することになっており、それなりの退職金がもらえるはずだったからだ。

何色がいいだろう。

自分が欲しいものについて考える、という経験は、もしかしたら生まれて初めてかもしれなかった。

そのあと、横浜の高尾家まで送ってもらった。最後に挨拶をするべきだとお義母さんが主張したためだ。母屋のリビングで『ここまで育てていただきありがとうございました』と深々と頭を下げる。飢えさせないでくれた。教育を受けさせてくれた。

私は恵まれている。

『ああ、本当よ。これでせいせいする。やっと厄介払いできた』

お義母さんは晴れやかにそう言ったあと、嘲るように口角を上げる。

『それにしても、あんたの夫。挨拶にも来ないってどういうことよ』

『ないがしろにされているんじゃない？　男を誑かすしか能がないくせに、もう少し頑張りなさいよ』

お義母さんと愛菜さんの言葉に眉を下げると、雄也さんが『ふたりがいなかったり、寝ていたりしたんだろ』と淡々と話に割り込む。

『天城は何度も挨拶に来たよ。僕と父さんは会ったんだから』

平然と言う雄也さんだけれど、実はわざとだ。今日もあえて同席していない。柊梧さんは私がひとり実家に向かうのがどうにも気にかかるようで、ギリギリまで雄也さんと電話をして調整していたけれど、雄吾さんの強い要望で結局引いたのだった。

今までもわざと、お義母さんと愛菜さんが夜遊びに出たり、二日酔いで寝てたりしている時間帯を狙って柊梧さんを呼んでいた。一応お父さんには挨拶を……ということだった。それも雄也さんと話し合って決めたことみたいだったけれど、それにしても雄也さんはそれだけお義母さんたちに柊梧さんを会わせたくなかったのだろう。さすがに披露宴では会うことになるだろうけれど……とにかく、ここまで順調に来ている天城会病院との提携に水を差されたくないのだろうと思う。

……と、すでにお義母さんは私から興味を失っていたらしい。はいはい、とおざなりな態度で手を振って、すぐにスマホに目線を落とした。

『ねーえ、愛菜ちゃん。このブランドの新作バッグ、いい感じじゃない？』

『ほんとだ。かわいい』

『買ってあげるわよ。……あらまだいたの海雪。もう行っていいわよ』

はい、と返事をして離れに向かう。この廊下を歩くのも最後なんだなと思うと、どうも感慨深い。

『海雪……ごめんな。母さんが挨拶しろって言ったのに、あんな態度で』

雄也さんが唇を噛む。私は慌てて笑ってみせた。

『とんでもないです。雄也さん、本当にありがとうございました』

『……お別れみたいなことを言うなよ。あいつの転勤がいつあるかわからないから退職しておくとはいえ、もうしばらくは秘書でいてくれるんだろう』

『はい。よろしくお願いします』

雄也さんにもう一度お礼を言って母屋を出た。向かった離れには、大井さんと、彼女の息子で私と同じ年の幼なじみ、そして同僚でもある毅くんが待っていてくれた。唯一の友人と呼んでいい人だ。

『結婚おめでとう、海雪ちゃん』

大井さんに包みを渡される。開いてみると、上品な漆塗りの夫婦箸だった。

『仲よくやるのよ。聞いている限り、旦那さんは海雪ちゃんにべた惚れだから、大丈夫だと思うけど』

大井さんの言葉に苦笑する。優しくしてもらっているとはいえ、べた惚れはない。

そう言おうとした私の眼前に、『ん』ともうひとつ包みが差し出される。毅くんだ。

『これなあに……わ、箸置きだ』

『ちゃんとした結婚祝いは披露宴のときに改めて。……幸せになれよ。海雪』

毅くんにも祝われて、私はちょっと涙ぐみ頭を下げる。

『ありがとう』

顔を上げると、やたらと真剣な目をした毅くんと目が合った。彼はいつも通りに穏やかに笑うと、『もし』と笑ったまま口を開く。

『もし旦那から酷い扱いを受けたなら、いつでも帰ってきたらいい』

顔は笑っていたけれど、声は聞いたことがないくらいに真剣だった。思わず目を丸くする私に、毅くんは『まあ、大丈夫だろうけどな』と微笑む。

そうして大井さん親子が帰って静まり返った離れで、ひとり眠る。

明日から私には家族ができるんだって、ひとりで眠らないでいいんだって、そう思いながら目を閉じた。

◇◇◇

そんなことを思い返している間に、いつのまにか眠っていたらしい。横須賀のマンションの地下駐車場で目が覚めた。

「わー……すみません、また寝ていました」

「疲れたんだろう」

あっさりと彼は言って、私から花束を受け取り車を降りた。どうやら持ってもらえるらしい。こういうことをスマートにできるのは、きっといろんな経験があるからなんじゃないかな。……きっとモテるんだろうな、と考えて慌ててその考えを追い払った。そんなの、まるで嫉妬しているみたいだったから。

彼に続いてエレベーターに向かう。

百合のかおりがエレベーターに充満する。甘くて、どこかくらくらするにおい。

最上階について、内廊下を彼と並んで歩く。部屋の鍵は暗証番号タイプのスマートキーだ。

部屋に入る。電気を点けて、それから所在なくあたりをみまわす。さて、どうしたらいいんだろう？　柊梧さんは百合を抱えたままリビングを出て、戻ったときには持っていなかった。

「寝室に飾らせてもらったが、いいか」

答えながら「寝室」という言葉を妙に意識してしまって、慌てて雑念を払う。と同時に大事なことを思い出した。

「あ、晩御飯……」

いまさらのように呟くと、柊梧さんが「用意してある」とさらりと言った。

あっというまに冷蔵庫からダイニングテーブルに並べられていくのは、彼が午前中に用意してくれていたらしいディナーだった。

「え、わあ、すごい……」

ガーリックシュリンプ、ふんだんに葉物野菜が使われているサラダに和えてあるのは島豆腐だろうか。分厚いローストビーフにカルパッチョ、それから小さめのニンジンやトマトがそのまま使われたマリネは、オレンジのソースがかかっている。

「ほとんど買ってきた惣菜だ。座っていろ」

さらっと柊梧さんは言うけれど、続いて取り出した鍋はきっと手作りだ。スペアリブのトマト煮らしい。朝どころか、昨日から仕込んでいたんじゃないかと思う。

私は食器棚に向かい、せめてと取り皿とお箸を取り出そうとして、大井さん親子にお箸と箸置きをもらったことを思い出し鞄から取り出して流しで軽く洗う。

「実家のお手伝いさんと、その息子さんにこれ、いただきました」

そう報告すると、柊梧さんは微かに息を呑む。

「どうされました？」

「いや……仲がいいのか？」

「え？ お手伝いさんですか？ はい、よくしていただいてます。大井さんっていって、私が小さいころお世話係をしてくださっていて」

「……息子って、もしかして高尾の秘書をしているあの大井か」

「そうです！ 毅くんって言うんですけど、大井さんが住み込みのお手伝いさんをされているので、一緒に育ってきた感じで……幼なじみというか、唯一頼れる友人です。私が頼りないせいか、少し心配性で、今回だって『なにかあれば戻ってきたらいい』なんて言われてしまって」

緊張のせいかそんなことまで口を滑らせるけれど、柊梧さんは「ほう」と笑ってくれた。いままでで一番の笑顔だったかもしれない。

「よくよく礼をしなくてはな」

その声は、やけに低いような気がしたけれど……。

そう言いながら、手早くもうひとつ鍋を用意した。パスタをゆでるらしい。ＩＨの三口コンロだから、料理もスムーズに進みそうだ。

「あ、お礼は私のほうから……」

「そうか、頼む。ただ高尾の秘書のほうは病院で会うこともあるだろうし、俺から礼をしておく」

「そうですか？　お忙しいと思いますし、全然……」

「いや気にするな。俺も彼とは少し話してみたかったんだ」

「そうなんですか？」

首を傾げると、柊梧さんは「そうなんだ」とやけにはっきりと頷く。まあ毅くん、癒し系な感じだし、親しくなりたい気持ちもわかる。

やがて、部屋にトマト煮のよい香りが満ちる。柊梧さんは手慣れた様子で調理を進めていく。私は彼の横に立ち、時折手伝いながら彼の調理を眺めていた。ほれぼれするほど手際がいい。

「お得意なんですか？　料理」

「……自分で食うぶんくらいは」

なんでもないことのように彼は答える。

そうしてフライパンでニンニクを炒め、ベーコンをたっぷり使って作られたのは、いわゆる悪魔風パスタ。いい香りにきゅうっと胃が音を立てる。

ふ、と柊梧さんが頬を緩めた――気がした。

目を疑っているうちに、彼はパスタもトマト煮も見栄えよく器に盛りつけた。そうして冷蔵庫からシャンパンを取り出す。

グラスを差し出され、目で着席を促されて柊梧さんと向かい合って座る。なんだかドキドキした。それにしても、今日の料理、どれも好きなものばかり……とふと気が付いた。もしかしてこれって、最初のお見合いや葉山のホテルランチで、私が好物だと話したものが選ばれている？

「あ、あの」

お礼を言おうとしたところに、柊梧さんはかぶせるように口を開く。

「これくらいしかできないが」

そうしてひとつ息を吸い、彼は続ける。

「政略結婚ではあるから、君も思うところはあるだろう。ただ、俺は……君と、いい夫婦になりたいと思っている。一生をかけて、君を幸せにしたい」

不思議な感情で胸がいっぱいになった。大切にしてもらえるのが嬉しくもあり、でも同時にどうしようもない切なさで肋骨の奥がきゅうっと痛む。

たとえ政略結婚であろうと、妻として、家族として大切にすると言ってくれているのに。それも一生涯を誓ってくれているというのに。

なのに私はどうして、こんなに切ないの……。

ただ下を向き、頭を下げ「こちらこそ」と声を絞り出す。

「こちらこそ、不束者ですが、どうぞよろしくお願いいたします」

私の答えに、彼がそっと気を緩めるのがわかった。

お風呂のあと、どうしたらいいのかわからず緊張しながらベッドに座っていた。柊梧さんが疲れただろうから寝ていろと言ってくれて、お言葉に甘えて寝室まで来てみたのはいいものの……本当に、先に寝ていてもいいものだろうか。きっとそんなことはないだろう。

しばらく広いベッドの上でじっとしていると、柊梧さんが髪を拭きながら入ってきて思わず肩を揺らす。柊梧さんは薄く細めた目で私を見たあと、ベッドに近づいてきた。

「海雪」

「は、はいっ」

座ったまま彼を見上げた私の頭を、ぽん、と柊梧さんが撫でた。おずおずと彼を見上げる私に、彼は淡々と言う。

「いきなり押し倒しはしない。今日は寝ろ」

「は……はい」

しおしおと俯く。どうしよう、きっと顔が……ううんそれどころか耳まで真っ赤だ。恥ずかしくてたまらない。穴があったら入りたいとはまさにこのことだ。

「す、すみません。先に寝ます……っ。おやすみなさい」

「……その前にひとつ、いいか？」

柊梧さんがベッドに腰かけ、微かに音もなくスプリングが沈んだ。きっと赤い顔だろうまま彼を見上げると、柊梧さんはさらっと驚くことを口にする。

「明日から三か月ほど留守にする」

呆然としながら頷いた。

「く、訓練ですか？」

「いや。国際協力のひとつだ。米海軍と共同で環太平洋の発展途上国をめぐって医療活動をおこなう。そういった国々では、日本で簡単に受けられる手術もままならない人々も多いから」

「そうなんですね」

こくこくと頷く。そんな重要なお仕事もしているんだ……！

「あの、それは急に決まったお話でしょうか？」

ふと聞いてみると、柊梧さんは軽く眉を上げ「いや」と端的に言う。

「ずいぶん前に決まっていた」

「そう……ですか」

それを教えてもらえていなかったのは、教えるまでもないと思われていたからだろうか。昨日、もうひとりで夕食を食べなくていいと思ったばかりだった。

でも、大切なお仕事だ。

気分を切り替えて、にこりと笑う。

「くれぐれも身体に気を付けてください」

「ああ」

不愛想なほどに視線を逸らして彼はそう返事をしたあと、さらにぽつりとつぶやいた。

「君は明日、休暇をとっているんだよな？」

「はい」

「明日、君に時間があるなら……見送りに来てくれないか」

私は目を丸くする。

「いいんです、か……？」

柊梧さんは唇を真一文字に結んだまま頷く。眉根が寄せられているのはどうしてだろう。本当は来てほしくない？

戸惑う私に、彼は続けた。

「機密になっている訓練時なんかは、行く日も帰る日も教えられない。だけれど明日からの国際協力はマスコミも入るし家族の見送りも可能だ」

〝家族〟の言葉に少し胸が弾んだ。私、柊梧さんの家族なんだ。その感情にはやっぱり謎の切なさも包含してはいるのだけれど。

「っ、はい、ぜひ……！」

柊梧さんが一瞬不意を突かれたかのように目をわずかに大きくした。それからふいっと目を逸らし、私に背を向け立ち上がる。

「詳しい場所なんかはスマホに送っておく。緊急の連絡がある場合は基地に……その連絡先も一緒に」

それから一拍おいて、柊梧さんは背を向けたまま続けた。

「免許、頑張れ」

そう言って彼は寝室を出て行く。私はころんと横になり、部屋を暗くして目を閉じた。なんだか耳の奥に彼の声が張りついてしまったみたいに感じる。

慣れない枕の感触。百合のかおり、居心地のよすぎるベッド……同じ家のどこかに柊梧さんがいると思うと、妙にドキドキする。『いきなり押し倒しはしない』って……子どもを作るときまではそういうことをしない、という意味だろうか。

「魅力、ないのかな」

呟いてしまったあとにひとりで頬を熱くする。一体なにを考えているの、私……！

ただ、色々と考えてしまっている割には、やはり疲れていたのだろうか、気が付けばすとんと眠りに落ちていた。

夢と現《うつつ》のあわいのまどろみ。ふわふわとした感覚のなか、ふと全身が大きなぬくもりに包まれる。

なんだろう、これ。

眠ったまま、私の身体は自然とその温かさに甘えるように擦り寄った。微かにびくっと動いたそのぬくもりは、ややあって私をさらに強く包み込む。

抱きしめられているみたいだ。

こめかみや額に柔らかなものが触れる。再び泥みたいな深い眠りに落ちつつ、それが彼の――柊梧さんの唇の柔らかさと似ている、と思った。

翌朝は、雲ひとつない晴天だった。

大きな艦のエンジンの振動は、埠頭《ふとう》に立っている私の足元すらも揺らしているよう。潮のにおいと燃料のにおいが入り混じる。

目の前にある濃い鼠色の大きな船は、補給艦というらしい。さきほど錨《いかり》が上げられ、いまにも出航せんばかりにエンジンが音を立てている。その様子をニュース番組のキャスターさんらしき人がカメラの前で紹介している。

「こちらの補給艦には乗員一四五名が乗艦しています。今回の国際協力では土木工事やインフラ整備の指導はもちろん、医療活動にも主眼をおいているため、数名の医官が乗艦しているとのことです。この補給艦の大きさはなんと全長一六七メートル、総排水量は……」

その声を聞きながら、大きな船だなあと凡庸な感想を抱く。それにしたって、柊梧さんは船酔いしないのかな。

甲板に、白い半袖の制服を着た隊員さんたちが並んでいる。私は、本当に不思議なことに、すぐに柊梧さんを見つけ出した。白い帽子を被った彼がこちらに目を向ける。

不思議だなと思う。彼も私を見つけたみたいだ。その表情に変わりはないものの……。

交わったままの視線の先に、背筋をまっすぐにした白い制服姿の柊梧さんがいる。普段より精悍さを増しているように思えた。いつもかっこいいのに、こんな凛とした姿を見せられると、心臓が落ち着きをなくしてしまう。

ただ、呆然と彼を見つめてしまう。

ちょうど私の横にいた大学生くらいの女の子が「あ、お母さん、見て。お兄ちゃんいた」とはしゃいで指をさす。その声でハッと我に返るけれど、柊梧さんを見つめるのをやめられない。

「本当ね。まあ馬子にも衣装ね。お父さんが生きてたら泣いて喜んだでしょうに」

柊梧さんを見つめたまま、女の子のお母さんの言葉に、彼女のご主人は自衛官だったのかなと考える。……見たかっただろうな。

「え、お母さん。あの人すごいイケメンじゃない？」

ふと、女の子が声のトーンを変えた。

「どの人？」

「ほら、お兄ちゃんの横にいる……」

「ああ、あれ天城一等海尉《かいい》よ。医官の。相変わらずイケメンねえ～。イケメンなうえにものすごく優秀なんですってよ、お父さんがよく言ってたもの」

「嘘でしょ、お母さん、知ってる人？」

「お父さんのお葬式、来てくださってたでしょう」

「やだ、あんなイケメンに気が付いてなかったなんて。一生の不覚」

「泣いてそれどころじゃなかったもの。それに、あんたにチャンスないわよ、ご結婚されたらしいから」

「ええ～。いいなあ、あんなハイスペイケメンと結婚できるなんて、前世でどれくらい徳を積んだらできるの……」

心底羨ましそうな声を聞いて、少しむず痒い気分になる。というか、どうやら柊梧さんのお知り合いのようだから、あとでご挨拶しないと……。

「パパー！」

近くに立っていた小さな男の子が叫ぶのと、「帽ふれー！」と号令がかかるのは同時だった。皆が一斉に帽子を取り鍔を持って振り始めた。大きく円を描くようなふりかただ。私は柊梧さんから目が離せない。柊梧さんも私から目を離さない。

ふと、胸をつくように大きな感情が湧く。無事に帰ってきてほしい――ただ、それだけを願う。

船が澪を引き遠ざかっていく。一瞬のように感じた。

どうしてこんなに寂しいんだろう。

そこからの一か月半は、せわしなかった。仕事の合間に自動車の教習所に通い、その仕事では退職のための引き継ぎもあり忙しくて目が回るほどだった。けれどほんの少しの間隙にどうしてか柊梧さんを思い出す。なにをしているかな。元気かな、なんの連絡もないってことは、怪我も病気もしてないよね。気になって気になって仕方なかったけれど、お仕事の邪魔をしたくなくてメッセージを送るのも躊躇してしまう。

「なあ海雪。天城から君が元気かと連絡が来たんだが、連絡もとっていないの？」

「あ、緊急の場合は基地経由でとは聞いていたんですが……」

仕事中、雄也さんに引き留められてそう聞かれ、少し目線を下げ、ちょっと迷ってから続けた。

「あの、柊梧さんはお元気なんでしょうか」

「元気のようだよ。それにしても、あいつ壊滅的に不器用だね……」

「そんなことないですよ。柊梧さん、器用だと思います。手技のうまさにも定評があるって小耳に挟みましたよ。それにお料理もお上手で、とってもおいしくて」

私の答えに、雄也さんはきょとんとしたあと破顔した。

「はは、あいつ頑張ったんだなあ」

「え？」

「いや、こっちの話……ところで海雪、新しい生活はどうだ？」

「マンションですか？　とっても居心地いいです」

「そっか、よかった。気を遣わないでいいって、どうかな」

探るような視線に雄也さんの優しさを感じた。気を遣う、というのはお義母さんと愛菜さんに対してだろう。うまく返事できなくて曖昧に笑った。だってふたりがいないことで精神的にかなり楽になったなんて、口に出すのは憚《はばか》られた。

「あの、おふたりは元気ですか」

「元気だよ。相変わらず散財してる。夜もホスト三昧だし」

「ホスト？」

きょとんと聞き返すと、雄也さんはびっくりした顔で私を見返す。

「そうだよ。あの人が愛菜を連れ歩いてるの、大体都内のホストクラブ」

「知りませんでした……あの、お父さんは」

「知ってるよ。ただ、放任してる……というか、興味ないんだろう」

「……そうじゃなくて、お父さんは私の実母のことや私という存在に気が引けて、お義母さんの夜遊びを咎められないのかもしれません」

その夜遊びだって、夫の不義に対する寂しさから始まったものなのかも。

実母が、私が、高尾家を壊してしまったんだ。

そんな私を、お義母さんはよく近くで育ててくれたと思う。

俯いた私に雄也さんは「違うよ」と穏やかに言った。

「あの人の男遊び癖は昔から。それこそ、独身のころからだよ。祖父母が落ち着かせようと父さんと政略結婚させたんだけど、だめだった。さすがに僕も愛菜も父さんの子なんだけどね、生まれてすぐに検査したそうだよ。それくらい母さんは信用されてない」

私は今日まで知らなかったことに驚きを隠せない。

「俺を産んだあとも、さんざん遊びまわって。それで父さんも」

そう言って雄也さんはハッとした表情で「ごめん」と呟いた。きっと、こう続けるつもりだったのだ。「それで父さんも海雪のお母さんと……」って。

「デリカシーなかったね」

申し訳なさそうな雄也さんに首を振ってみせた。

「だから、つまり、海雪はなにも気にせず幸せになっていいってことだよ」


そうして、数週間後。

柊梧さんが国際協力から帰ってくる前に聞いた雄也さんからの言葉を、今度は披露宴会場の新婦控室で思い出していた。私は椅子に座り、ヘアメイクをしてもらいながら目の前の大きな鏡を見つめる。そのなかの私は、式のときとはまた違うマーメイドラインのウエディングドレスを身にまとい、ただじっと前を見据えている。

幸せになっていい？

自分の幸せなんて、考えたこともなかった。

と、突然控室の扉が開く。視線を向けると、お義母さんと愛菜さんだった。私はスタッフさんに声をかけてから立ち上がる。

「本日はご列席ありがとうございます」

「あらあ、いいのよいいのよ」

鷹揚な雰囲気のお義母さんはご機嫌だ。よくある黒留め袖ではなく、豪奢なパール色のロングドレス姿だった。

「さきほど天城さんのご家族とご挨拶してね。ふふ、華やかでお若いのですねって褒められたわ。やっぱり見る目がある方々は違うわね」

「あたしが選んであげたドレスのおかげでしょ？　さんざんお父さんに止められたけど、押し切った甲斐があったよね」

金糸を絢爛豪華に使った豪奢な白の振袖に、大輪の百合の花を髪に挿した愛菜さんが言えば、「この子ったら」とお義母さんは嬉しそうに笑う。

ふたりの格好になんら文句はない。あなたは主役ではないのよと釘を刺されるように、ふたりの服が真っ白であっても。……仕方のないことだから。

ただ、愛菜さんの百合の花だけは、なんだか胸が嫌な感じで軋んだ。百合の花は……結婚式で柊梧さんが選んでくれた花だった。寝室にしみ込むように香るあの濃厚な香りが、どうしてかいまは大好きになっていた。

ふたりは背後にある大きな白いソファに座ると、私の背後で好き勝手に話し出す。

「それにしても、見て。清純ぶっちゃって、あんなドレス選んで」

「本当ね。まったく、男に好かれるのだけは得意なのよね。本能でわかるのよ、男受けのよいものを嗅ぎ分けるの。なにしろ泥棒猫の娘だもの」

「それにしても、あんたの旦那ってほんとどんな顔なの。お兄ちゃん全然教えてくれないんだよねー。どうせあんたにお似合いのダサイ男なんでしょうけどっ」

気まずげにしているスタッフさんをよそに、ふたりは話し続ける。申し訳ないなと思いつつ、ヘアメイクの続きをしてもらう。私はそんなに髪が長くないけれど、スタッフさんは上手に髪をセットしてくれた。

あとは仕上げのティアラだけ、となったところでドアがノックされた。

「はい」

返事とともに入ってきたのは、真っ白な自衛隊の制服姿の柊梧さんだった。出航のときと違って、長袖だ。儀礼服というらしく、普段の制服より豪華な装いに見える。

ただ、相変わらず唇は真一文字だったけれど。左手に真っ白な手袋を持っていた。

「柊梧さん」

声をかけると、彼は私のところにきびきび一直線に歩いてきて、真横で立ち止まる。

それからぽかんとしているお義母さんたちに、ほんのちょっとだけ目線を向けて目礼した。

「うっそ、イケメン……」

愛菜さんが呟いたのが聞こえる。

その言葉をまるっと無視して、柊梧さんは私に向かって微かに目を細めた。それからスタッフさんに向きなおる。

「そのティアラ、俺が彼女につけても構いませんか」

「え、あ、わあ、はい、もちろんです」

スタッフさんは赤面したまま柊梧さんにティアラを渡した。柊梧さんは着ける場所をスタッフさんに確認しつつ、私にティアラをつけてくれる。なんだか頬が熱いのはどうしてだろう。

柊梧さんは一歩引き、私をまじまじと見つめたあと、真一文字の唇を緩めた。

「……綺麗だ」

私は目を丸くして、それからかああっとさらに頬に熱が集まるのを感じた。柊梧さんはさらになにか続けようとして、やはりやめたようで再び唇を引き結び、そっと私の手を取る。

「行こう。皆、主役を――君を待ってる。俺の奥さん」

その言葉に目を見開いた。

まっすぐな瞳から、目が離せない。

ここにいていいと、自分の横にいていいのだと、その目が語っているような気がして──私という存在を認めてくれている気がして、涙が出そうなほどに、嬉しくて嬉しくてたまらないんだ。

このどうしようもない感情の答えは、まだ出てくれそうにない。

【二章】近づいていく距離（ｓｉｄｅ柊梧）

好きな女性に素直になれない。

そんな相談を同年代の男からされれば、「お前、自分が何歳になったと思っているんだ？」と呆れかえる自信がある。

三十だ。いい大人だ。それなりに恋愛もしてきただろう——と。

問題は、その「好きな女性に素直になれない」のが俺自身だということだった。

こんな感情は生まれて初めてで、正直、もてあます。

海雪が好きすぎて辛い。

◇◇◇

高校時代の同級生が副院長を務める総合病院に、救急医として通修——要は技術研修だ——で通いだしてしばらくしてのことだった。突然副院長室に俺を呼び出した高尾雄也が『単刀直入に言う』と頭を下げた。

『すでに実家……天城会病院と完全に絶縁している君にこんなことを頼むのはお門違いだと、筋違いだと重々承知の上で、頼みがある。妹と──海雪と、政略結婚してくれないか』

俺は目を丸くして、ただ高尾を見つめた。混乱していた。

なぜなら、高尾の妹でこいつの秘書を務める海雪に、俺は目下、絶賛片想い中だったからだ。

初めて彼女を見かけたのは、この病院に来るようになって一か月ほど経ってからのこと。ずいぶんと遅い昼食を院内のコンビニに買いに出たとき、ロビーで案内係としてお年寄りや子どもや、……いや、どんな人にも親切に接する姿を見た。もちろん仕事としては当たり前なんだろう。ただ、受付間で蔓延した風邪のせいで人手不足に陥っていたところ、海雪は自分の休み返上でヘルプに入っていたのだ。

『副院長の秘書、海雪さんだっけ。動いてくれて助かるわよねー』

『いつも率先してくれるしね。気立てもいいし、素直で控えめだし。お嬢様なのにね』

『ねー。もうひとりの妹とは大違い』

『愛菜さんでしょ。美人で性格のいい海雪さんにコンプレックスでも抱いてるんじゃないの』

『そうじゃなくて、愛菜さんのほうは母親似なんじゃない。あの浪費家の院長夫人。派手な美人だけど、なんか品がないじゃない。顔もそっくりよね』

『ああ、そうね』

コンビニで弁当を選ぶ背後で聞こえた事務方の噂話をなんとはなしに聞きながら、優しく微笑む海雪の横顔をガラス越しに見つめた。

それからしばらくしてからのことだ。

中学時代に虫垂炎で手術したときの執刀医、俺が医官を志すきっかけとなった人で、当時俺の上司だった秋山《あきやま》一等海佐が、通修先に救急搬送されてきた。自宅で急に倒れたそうで、病院に到着した際、すでに下顎《あご》で呼吸している状態だった。――死期が近いことを表すサインで、いわゆる死戦期呼吸の一種だ。肺で呼吸できないがために起きる症状だった。

『秋山さん、嘘だろ』

ありとあらゆる手を尽くした。でも、だめだった。

恩返しひとつできないままに、恩師――そう言っていいだろう、彼は逝《い》ってしまった。

ご家族にどう顔向けすればいいのかすらわからなかった。

ただ茫然と病院の中庭にあるベンチで空を見上げた。こんな日に限って、雲ひとつない晴天だ。

『……先生』

ふと声をかけられ、視線をそちらに向ける。そこにいたのが、海雪だった。彼女は俺に向かってハンカチを差し出していた。

『……なにか？』

俺はそっと自分の頬に触れてみる。涙なんて流れていない。海雪は『失礼しました』と頭を下げた。

『泣いてらっしゃるように見えて……』

『そうですか』

愛想もへったくれもない俺からの返答に、海雪はなにも言わずに俺の横に座る。なにがあったかは、彼女は知らないはずだ。でも、どうやら彼女はいま俺から離れないほうがいいと判断したらしい。

風が吹く。彼女は無言のままだ。変な慰めや、おためごかしの、表面上の同情のようなことはなにひとつ口にしない。なにがあったのかも、聞かれなかった。

ただ、横にいてくれた。心が張り裂けそうなとき、横に誰かがいてくれるのって、こんなに安心するのか。涙さえ出ない、無言で空を睨みつけているだけの俺に、ただ寄り添ってくれた。

院内携帯の呼び出し音が鳴り、俺は立ち上がる。そんな俺を見上げ、海雪はやっぱりなにも言わなかった。

彼女は、寄り添うことができる人だ。簡単そうに見えて、それは案外と難しい。

その次に海雪を見かけたのは、病院の外だった。病院の最寄り駅、電車を待っていた俺が立つ向かいのホームに、彼女の姿を見つけた。なぜか目が逸らせなくてじっと見ていると、ふと大きな泣き声が聞こえた。五歳ほどの女の子がひとり、風船を持ったまま泣いていた。海雪は泣いている女の子に躊躇なく話しかけた。優しい笑顔……。すぐに母親らしき女性が駆けつけて、海雪は笑顔でふたりを見送る。

微笑む唇に、優しく細められる大きな目に、心臓が高鳴った。

……いや、ずっと拍動し続けていたのだ。それこそ、初めて見かけたときから。気が付いたのがいまになっただけ。

けれどどう距離を詰めていいかわからない。向こうは俺の存在くらいは知っているだろうけれど、あれ以来、院内ですれ違ったときに会釈するくらいしか接点はない。いきなり話しかけるのは変だろうか？　いや同じ職場にいるのだし世間話程度なら……けれど、男性慣れしている雰囲気はない。かえって距離をとられても困る。困るというか無理だ。

いっそ高尾に泣きつくか。

そう思っていた矢先に、その高尾から打診を受けた政略結婚の話だった。

『……高尾。悪いが、事情を説明してもらっていいか？』

『そうだね』

高尾はそう言って軽く肩をすくめ、『他言無用』と言い含めてから海雪の素性を明かしてくれた。

海雪は、院長である父親の愛人の娘だということ。

実母の死後、政略結婚の駒にするために二歳で高尾家に引き取られ、育てられてきたということ。

そのために通う学校も部活も全て制限され、本人の意思などひとつも反映されたことがないということ。

『友達ひとり作ることさえ、海雪は制限されてきた』

高尾はそう言って皮肉げに笑う。

『なあ、天城。君、僕の母親がどんな人間か噂くらいは知ってるだろ』

少し返事に迷う。旧財閥の令嬢で、若いころから夜遊び三昧だったのはもちろん、形だけは高尾病院本院の役職についているものの、名目上の秘書にしている娘と報酬だけは受け取って実質仕事は一切していないという話まで小耳に挟んでいた。そんな俺を見て察したのだろう、高尾は笑う。

『全部事実だよ。誇張なしだ』

『……そうか』

返事をしつつ、ふと気が付く。

そんな人間が、果たして愛人の娘をまともに育てるだろうか?と。

『妹の愛菜も、似たような人柄で……なんとかしようと僕なりに手を尽くしたのだけれどね、だめだった。海雪と婚約したとしても、極力あの子とは顔を合わせないでほしい』

『どうして』

『天城、君、愛菜好みの顔なんだ。間違いなく海雪から君を奪おうとするよ』

絶句して二の句が継げない俺に、高尾は微笑んだ。とても悲しそうに。

『僕はね、幼稚園の入試に失敗しているんだ』

唐突な話の転換に微かに眉を上げるも、高尾は変わらぬ微笑みのまま、淡々と続けた。

『緊張してね、面接で話せなくて。一番古い記憶は、多分それかな……母さんに落ちたことを散々なじられた。三歳だった僕を、深夜まで怒鳴り続けた。そこからはもう、あの人が怖くて怖くて、仕方なかったよ』

ふ、と自嘲気味に高尾の顔が歪む。

『でも、海雪が来て……いや、政略結婚に役立ちそうだって無理矢理連れてこられてから、母さんの怒りやヒステリーの対象は、全部海雪に移った。僕は怒鳴られなくなった……正直……』

高尾は言いよどみ、それから俺を弱々しく見上げて悲しげに笑う。

『……助かった、と思った。最低だろ』

『高尾』

どう声をかければいいのかわからない。ただ、沸々と怒りが湧いた。あの可憐な彼女の、その幼少期が……いや、いままでの成育歴は決して恵まれたものでなかったという事実に。それをもたらしたのが、友人の母であったということに。

『だから、罪悪感から僕は海雪にこっそり優しくした。そうしたらさ、あの子は……懐いて……くれて』

はあ、と高尾は息を吐き出す。

『こんなだめな兄だけど……海雪はさ、いい子なんだ。呆れるくらいに、いい子なんだ』

高尾はそう言って両手で顔を覆う。

『ずっと守ってやれなかった……あの子は服さえ自分で選べたことがない。進学先も、職業も……。学校から帰れば、家庭教師につきっきりで行儀作法を叩きこまれる。上手にこなさなければ僕の母親に叱責され、うまくこなしたって嫌味が待ってる。きっと一度だって認められたことがない。なのに海雪は自分の環境を恵まれたものだと思ってる』

『……どういうことだ？』

『母さんに何時間もねちねちと詰られたり、下の妹にことあるごとに嘲笑されたり、せっかくできた友達と引き離されたり……とにかくなにをされようが……お前は政略結婚の駒になることだけが存在意義なんだと言い続けられて育てられようが……海雪は感謝してるんだ。学校に行かせてもらった、食べさせてもらったって』

微かに息を吐き出し、高尾の言葉の続きを待つ。高尾はのろのろと何度か瞬きをしたあと口を再び開いた。

『海雪の意思なんかないんだ。政略結婚をして、高尾の家の役に立つのが当然だと、そう思ってる。思わされてる。お前の実母がしでかしたことの贖罪なんだと、罪を背負えと。僕の母親の、どの口が言えるんだ？　だから色々考えた。あの子を高尾の家から解放する方法を』

そうして高尾は俺をまっすぐに見る。

『天城会病院と、うちとの提携の話が出てる。これにかこつけて、どうか海雪と政略結婚してほしい』

『……どうして俺なんだ』

聞き返した俺に高尾は微かに笑う。

『だって君、海雪のこと、好きだろ』

一瞬息を詰めてから、大きく吐き出した。

『……どうして』

『大した用事でもないのに、わざわざ僕の部屋に来たり、かと思えば僕宛の書類をわざわざ海雪に渡したり。バレバレだろ？　ま、海雪は気が付いてないようだけれど。あの子はね、育った環境のせいで他者からの好意に鈍感なんだ』

『鈍感？』

『そうだよ。そうじゃなきゃ、君からのだだ洩《も》れの好意なんてとっくに気が付いているよ』

つい目を逸らした俺に、高尾は続けた。

『あの子はね、こう思ってる。いや、思わされているのほうが正確か。——自分なんかが愛されるはずがない、誰かに好かれるはずがないって』

唇を噛む俺に、雰囲気を変えるように高尾は眉を下げた。

『それにしても、案外君って、恋愛は不器用なんだな。意外だ。高校のときだって、彼女途切れたことなかっただろ？』

『いや……不器用なつもりはなかったんだが』

言いよどむ。好きすぎて動けない。うまく顔も見れない、素直に言葉にできない。子どもみたいだ、いや子ども以下だ。いままでは、来るもの拒まず去るもの追わずというか、恋愛なんて所詮そんなものだろうと思っていた。そんな俺がこんなふうになるなんて。誰かを本気で好きになる日が来るだなんて。

苦笑する俺に、高尾は改めて表情を引き締めた。

『君になら海雪を任せられる。大切にしてくれる。本来ならば、海雪の気持ちも尊重すべきなんだろう。君たちのペースで距離を詰めて、気持ちが通じ合えば交際して、……でも時間がない』

『時間？　まさか』

ハッとして高尾を見る。

『海雪さんに他の男との縁談が持ちかけられているのか』

高尾は頷き、それから『それもあるけど』と呟いてから続けた。

『海雪の精神状態が心配なんだよ。本人に自覚はないけれど、このところ慢性的な寝不足みたいで。そろそろどこぞに嫁《とつ》がされそうだと気が付いていたんだろうね』

『そうか……』

高尾は俺にばっと頭を下げた。

『天城。君が天城会病院と完全に絶縁しているのは知ってる。けれど、どうか、一度だけ。ほんの少しの間でいい、実家と復縁してくれないか……海雪を救い出したいんだ。頼む。そのためならなんでもする』

そう言って高尾は息を苦しげに吐く。

『あの子をあそこから連れ出すためには、政略結婚しかないんだ……』

うめくように言う高尾の下げられた頭を見つめる。

高尾の言う通り、実家の……天城会病院の拝金主義としか思えない経営方針、また医療職にもかかわらずそれに疑問すら抱かない実家の連中に辟易して高校卒業とともに家を出た。

すぐさま勘当されたものの、進学先の防衛医大は学費も生活費も国持ちだ。さらに給料まで出たため、困ることはなかった。

そこから一切連絡は取っていない。

『わかった。……海雪さんは、必ず幸せにする』

俺が答えると、ぱっと高尾は顔を上げて泣きそうな顔をする。

『ありがとう、天城……！　提携の話は、天城会病院に有利になるよう条件をつけてくれても構わない。父さんは必ず説得する』

『わかった。その条件なら、おそらくあの家は動く』

なにしろ徹底した拝金主義者たちなのだから。

その日のうちに、十年以上ぶりに実家に連絡をとった。訝しむ父親を、嘘と真実を織り交ぜて説得する。

高尾病院の娘と結婚したいこと。ただ「ただの自衛官に嫁がせるわけにはいかない」と突っぱねられ、どうしても欲しいのなら実家と繋ぎを取れと条件を出されたとつらつらと語ると、父親が少し興味のあるそぶりを見せた。

『提携の話が出ているんですよね。高尾の長男は友人です。あいつは妹に甘いから、妹からこちらに有利な条件を呑むよう働きかけさせます』

その場で返事はもらえなかったが、高尾からも連絡をさせ、どうやら本当に有利な条件になるとわかるや否やあっという間に勘当などなかったかのように手のひらを返された。まあこれは結婚後、改めて縁切りすればいいだけのことだ。

一日でも早く、海雪を救い出したい。結婚を急ぎつつ、それでも彼女との関係を焦りたくはないと思った。少しずつ距離をつめ、いつか相思相愛になれたら。

そして彼女を幸せにしたい。誰よりも幸福で満ち溢れた人生にしてやりたい。

『必ず救い出してやる』

車の助手席で眠る海雪にそう告げ、そっとこめかみにキスをする。愛おしさが溢れて止まらない。同時に、どうしようもなく怒りがわいた。この人になんの罪がある？

どうか自分のために生きてほしい。

そう思っているのに、実際はどうだ。つっけんどんで不愛想な態度しかとれていない。初めてのデートで衝動的に買ったドリンクを無理やり飲ませ、式場もほとんど俺の意思で決めて。空回りしまくっている気がする。海雪が優しいからなんとかなっているだけだ。

でも、彼女は式場を見て『ここがいい』と言ってくれた。少しだけ本心が垣間見えたようでうれしかった。急いで決めたドレスは、できる限り彼女の希望に沿った。

『あの、センスがなくて。一番無難なものを……』

そんなふうに尻込みする海雪に胸が痛む。服さえ自分の好みで選んだことがないらしい彼女。何着も根気よく試着してもらう中で――もちろんどれを着た海雪も綺麗で美しかった――ふと彼女の表情が変わった一着が、式で着たドレスだった。本来ならばフルオーダーしたかったものの、時間の関係でセミオーダーでも限りなく好みに近づけ、式を挙げた。

ベールを上げた瞬間、天使か妖精が立っていると思った。きっとこの瞬間のことを、俺は死ぬまでに何度も思い返すだろうと思う。

初めて触れる愛しい女性の唇に、歓喜で震えてしまいそうになるのを必死に耐えた。そして彼女を救い出せた安心感が胸に広がる。

これからは穏やかな、自分が否定され続けない日々を送ってほしい。

夏にかけて行われた国際協力の話を海雪に伝えていなかったのは、高尾の入れ知恵だ。もし海雪に知られれば、他人に気遣いをする海雪のこと、大変な忙しい時期なのなら、結婚は戻ってきてからでいいなんて言い出しかねない、と。

式のあと、緊張に身をすくめる海雪を見て心が痛んだ。好きでもない男に嫁いで、いまから身体を暴かれる恐怖を抱えていると思うと、苦しくなった。

もちろん、彼女をすっかり俺のものにしてしまいたい欲求はある。腹の奥で燻《くすぶ》るそれを、俺は無理やり抑えつけた。

怖がらせたくない。俺という存在に、安心を抱いてほしい。信頼してほしい。いつか、好きになってほしい。

だから、いつか、君が俺を受け入れてもいいと思ってくれるまでは――。

それでも、初めてふたりで眠る夜、普段よりよほどあどけない寝顔を見ていると、どうしようもなく切なくなって、そっと抱きしめてしまう。信じられないことに、寝ぼけた海雪は俺に身体を寄せてきた。感情が爆発しそうになるのを必死で耐えて、こめかみや頭に何度もキスを落とした。愛おしくてたまらない。

そういえば葉山に行ったときも、車で眠る海雪の寝顔に胸がかきむしられて、ついこめかみにキスをしてしまったのだった。すぐに目を覚まし、肝を冷やしたけれど……。

大切にする。絶対に泣かさない。俺たちなりのスピードで、距離を縮めていけたらいい。そう思う。結婚が恋愛の始まりでもいいじゃないか。絶対に惚れさせる。

そうして晩夏に行われた結婚披露宴を経てやってきた新婚旅行先のハワイで、俺はひとつ固く決意をする。海雪と距離を縮めてみせる。

「なにか食べに出るか?」

現地時間の午前九時ごろにホノルルにある国際空港に到着した。手続きを済ませいちど宿泊する貸別荘に向かい、荷物を置いてから海雪に問いかける。彼女は俺に背を向け、天井まであるガラス窓から外を眺めていた。ガラス窓の向こうは、丁寧に手入れされた芝生の敷かれた庭、そしてその先に広がる、紺碧の海と突き抜けるような青い空。

庭では寝そべることのできる丈夫なハンモックが揺れ、ティーという低木がところどころに茂る。この木はハワイの伝統的な生活に根付いているもので、葉はフラスカートやレイにも使われるのだと、さきほどこの別荘を案内しに来た管理人が教えてくれた。

海雪は振り向き目を輝かせる。

「実は気になっているお店があるんです。ポキ丼のテイクアウト専門のお店なんですが」

「いいな。ならビーチで食べようか」

俺の返答に、海雪の瞳がきらきらする。なんてかわいいんだろう。

高尾いわく、幼少期から海雪に許された〝自由〟は普段の食事だけだった。というのも、幼少期から海雪の世話係をしていた大井というお手伝いの女性は彼女をたいそうかわいがっており、とにかく食事には気を遣ってくれていたそうだ。ときに母屋から高級な食材を失敬しては離れの海雪に食べさせていたということだから、なかなかに胆力がある。

そんなわけで、海雪は華奢な体つきのわりに食べることがことのほか大好きだ。それで胃袋を掴む……ではないけれど、式を挙げた当日など手料理を振る舞ったわけだ。そのためにしばらくの間必死で料理の練習をした。なにしろ普段は手料理なんてほとんど作ったことがなかった。

もぐもぐと幸せそうに俺が作った料理を食む海雪の表情は、信じられないほど愛くるしくて、胸を鷲掴《わし》みにされた気分になる。なんというか、とてつもない満足感があった。いま海雪を構成する血液や細胞の一部は俺の作った料理でできていると思うと、ぐっとくるものがある。高尾には『僕の妹をそんな目で見ないでほしい』と言われてしまった。……とまあ、そんなわけで、俺は彼女に料理が趣味だと嘘をついてある。これくらいの嘘は許されるだろう。というか許してくれ、と誰が聞いているわけでもないのに頭の中で言い訳をした。

別荘を出て、レンタカーに乗る。ハワイでは日本の自動車普通免許で運転をすることが可能だ。……というわけで俺にはひとつ考えていることがあるのだが、それはまだ内緒だった。だが、そのためにオープンルーフタイプのスポーツカーを借りたのだ。ガイドブックを見ていた海雪が、同じ車種が写っている写真を見て目を輝かせていたのを見て、その場で予約したのだ。

ちらりと助手席を見れば、流れていく景色に海雪は目をきらきらさせていた。海風が優しく吹く。

海雪が希望していたポキ丼の店は、ワイキキにほど近いローカルタウンで古くから続く老舗の店舗だった。路肩のパーキングエリアに車を停め、観光客であふれかえる歩道を並んで歩く。

「そのお店、何年か前までは店内飲食もしていたらしいんですけど、息子さんに代替わりしてテイクアウト専門にしたら、かえって手軽さが受けてすっかり人気店になったんですって」

雑踏を歩きながら、海雪がわくわくとそんな話をしてくれる。俺はそれが嬉しくて仕方ない。だってそれはこの旅行が楽しみで色々調べてくれたってことだろ？

「そうなのか」

とはいえ大好きな女性と旅行をしている緊張でなんの面白味もない答えしか返せない。

常夏の島の陽光に照らされて、いつも以上に海雪が眩しく見える。常夏の島とはいえ、過去に演習で米軍基地に訪れたのもこれくらいの季節だったが、朝晩は思ったよりも冷えていた記憶がある。いまだって昼前で暑いと言えば暑いものの、日本の夏と比べればそう暑すぎるという気温ではない。ないのに変な汗をかいている気がする。気分が高揚しすぎているせいだ。

なにしろ、すぐ横で俺と揃いの結婚指輪をつけた最愛の人が笑顔で俺を見上げている。幸せすぎる。生きていてよかったとさえ思う。

と、ポキ丼の店に向かう途中で、ふと気になる店を見つけた。アロハシャツの専門店らしい。華やかで鮮やかなシャツがショーウィンドウ越しに見えた。

服さえ選んだことがない、と言っていたか。ちらりと海雪を見れば、シンプルな白のワンピースが常夏の風に揺れる。彼女の服装はいつもこんな印象だ。上質で、清楚で、上品で。きっとこれが〝高尾の娘〟としてふさわしい服装なのだろう。

けれど、君はもう高尾海雪じゃない。

もちろん、いままでの服装だって似合っている。似合っているのだけれど。

「ちょっとあの店、いいか」

声をかけると、海雪はこくんと頷く。

「アロハシャツですか。似合いそうですね柊梧さん」

にこにことそう言ってくれる海雪と店に入る。俺に似合うかどうかはもはや関係ない。ただこれにかこつけて、海雪に華やかな服装をさせてみたかった。街中を歩くとき、彼女はそういった色彩のファッションを少し羨ましそうに見ていることがあったから。

俺は適当に目についた紺色のアロハシャツを選ぶ。紺とはいっても華やかなハイビスカスがデザインされているものだ。

「試着しなくていいんですか」

「俺はな」

俺の返答に、海雪が小首を傾げる。俺は真剣に海雪に似合うシャツを探し、ふと目についた一枚のシャツを彼女にあてがってみた。

「これはどうだ？」

「え」

ぽかん、としたあと、海雪は慌てて首を振る。

「わ、私はいいです」

「それは困る。俺だけアロハなんて、ひとりで浮かれているみたいじゃないか」

「あ、えっと、それは」

「それに、俺が見たいんだ。きっと似合うから」

非日常の空間にいるからだろうか、奇跡的に素直に感情を口にすることができた。どう思っただろうか、と海雪をそっとうかがう。頬をわずかに赤く染めた海雪は少し迷ったそぶりをしたあと、思い切った様子で俺からシャツを受け取り、おずおずとそれを羽織った。

「どう、でしょうか……」

かわいい。

思った言葉はそれだけだったのに、言葉になってくれなかった。悔しい。いいんじゃないか、みたいなことを口にしたと思う。

真っ赤なアロハシャツは、思った以上に海雪に似合っていた。陶器のように透明感のある白い肌に華やかな赤はよく映えた。

「他も見てみればいい」

「……これがいいです」

海雪は鏡を見ながら、わずかに声を弾ませて言った。

「これが……柊梧さんが選んでくださったものが」

愛おしくてたまらなくなった。どうしてそんなに嬉しいことを言ってくれるんだろう。

でも、海雪が選ばなければ意味がない。

結局、なんとか海雪にも選んでもらい、二着とも購入することにした。

「あ、ありがとうございます……」

「奥の試着室を借りた。着替えてくるといい」

俺の言葉に、海雪がぽかんとする。ひょいと現れた店員が、海雪を引きずって試着室に消える。海雪が着替えている間に会計を済ませ、俺は紺のアロハシャツをTシャツの上から羽織った。

試着室から出てきた海雪は、少し落ち着かない様子を見せていた。さっきの赤のアロハシャツにジーンズ、スニーカー。全てこの店で購入したものだ。

「す、すみません。こういった服装に慣れていなくて」

そう言いながらも、嬉しそうに鏡で自分の服装をながめている海雪にホッとする。

紙袋に海雪のワンピースともう一着のアロハシャツを入れてもらい、店を出た。出たところで、ふと思いついて隣にあった雑貨店に入る。不思議そうな海雪の顔に、サングラスをかけた。うん、似合う。

「え」

驚く彼女を尻目に、俺もサングラスを選んで購入する。

浮かれた新婚の観光客の出来上がりだ。

「わあ、サングラス」

「……眩しいからな」

俺は端的に答え、店を出る。海雪がショーウィンドウに自分の姿を映し、頬を緩めているのがわかった。

もっと好きに生きていい。好きな服を着て、好きなことをしてほしい。

やがてたどり着いたポキ丼の店は、かなりの行列だった。けれど海雪はうきうきした様子を隠すことなく列に並ぶ。

「これだけ並んでいるんですから、きっとすごくおいしいんでしょうね」

海雪はマグロと雑穀米のポキ丼を、俺はタコのものを選んだ。少し目新しい気がしたのと、別のものを選べば海雪に分けられると思ったのだ。

「わ、やっぱりお料理好きなだけありますね。ちょっと珍しい系で」

なんとも答えられなくて、曖昧に目を細めた。笑ったつもりだったけれど、緊張しているのか目しか動かなかった。サングラスで見えていないだろう。

でも出会ったころと違って、海雪がひどく困ったりしている様子はなくて安心する。

なぜだろう。

艦に乗っていたりなんだりで、結婚したのにまだほとんど一緒に過ごせていない。

それでもなんとなく、海雪は俺が自分に害をなさない人間だとわかってくれたのかもしれない。だとしたらとても嬉しい。

ポキ丼を抱え、徒歩でビーチに向かう。この通りは古きよき街並みをそこかしこに残していて、レトロな店構えや、ショーウィンドウ越しのビンテージ感あふれる商品を眺めながら歩く。といっても店を眺めているのは海雪だけで、俺はほとんどチラチラと彼女を盗み見ていた。横で楽しそうにしている彼女が、いつにもましてかわいらしい。

「ワイキキは人であふれかえっていそうなので、少し離れたビーチまで行ってみませんか？」

そう言って海雪はスマホを取り出し、俺に見せてくる。軽く頷き「あっちだな」と指をさすと、海雪は少し驚いた表情を浮かべた。

「一瞬で方角とかわかるものですか？　お仕事柄？」

薄い色のサングラス越しでもわかるきらきらした瞳でそんなことを言われると、そうだよと答えてしまいたくなるが、正直あまり関係はない。一応教範は受けるけれども……俺に関しては、昔から地図を読むのがやけに得意なだけだ。ナビもあるいま、とくに役立った記憶のない特技だけれど、こうしていま役に立った。

……というのを伝えたいのに、俺の口からやっとのことで絞り出されたのは「いや」というひとことだけだった。というのも、スマホを覗き込んできた海雪の顔があまりに近かったからだ。動揺してしまったとはいえ、不愛想にもほどがある。早く俺のものにしたい。そんなふうに気持ちが急く一方で、こんな傲慢な想いは彼女にばれてはいけないとも強く思う。

けれど海雪は「じゃあ柊梧さんがすごいんですね」とさらりと笑って歩きだす。

ホテルやショッピング施設を抜けるように路地を歩き、少し海沿いに行けば目的のビーチが見えてきた。途中で買ったミネラルウォーターのペットボトルを片手に砂浜を歩き、ちょうどよさそうなヤシの木陰を見つけて並んで座った。

「わあ、おいしそう」

テイクアウト用の白い容器に入ったポキ丼の蓋を開き、海雪が弾んだ声を上げる。

なんて素直でかわいい。一方俺は、どのタイミングで「タコも食べてみるか？」といえばいいのか悶々《もんもん》と悩んでいた。そもそも海雪は食べたいのか？　タコを？　高尾から海雪は好き嫌いはないと聞いてはいるが、育ってきた環境が環境だ、正直に苦手だと言えなかっただけかもしれない……とさんざん悩んだ挙句に出たのが「タコは好きか」だった。

言ってから後悔する。唐突すぎるだろ。

海雪は目を瞬いたあと、俺の意図をさっと察してくれた。

「好きです。マグロとおんなじくらい」

「……もし、食べたいのなら」

「嬉しいです。ありがとうございます」

海雪の綺麗で大きな目は、笑うと三日月みたいな優しい曲線を描く。ざあ、と海風が吹いてヤシの葉を揺らす。木漏れ日がちらちらと動いて、ふと感情がまた重くなる。好きが降り積もる——愛おしさっていうのは、際限がないんだな。

そんなことに気が付きつつ、海雪と容器を交換した。海雪はぱくっとタコを白米ごと食べ、三日月だった目を満月にして俺を見る。

「おいしい」

「そうか」

ホッとしつつ答える。海雪がかわいすぎて味さえわからなかった。俺もマグロを食べて素直に「うまい」と口にできた。海雪に対しても普段からこれくらい素直になれたらいいのにな。

食べ終わってから近くのごみ箱に容器を捨てる。ハワイは、というかこういった観光ゾーンにはごみ箱が多い。ポイ捨て防止のためだろうな……と少し現実逃避しているのは、とにかく冷静になるためだ。食欲が満たされた海雪は、さっきまで以上に俺にニコニコと話しかけてくれている。かわいすぎて苦しい。ぎゅうっと抱きしめたくなる。

「それで、その猫コトラって名前なんですけど、結局毅くんが引き取ってくれて」

俺は無言で、しかし確かに海雪から発せられた彼女のたったひとりの友人の名前に勝手に眉が寄るのがわかった。サングラスをしていてよかった。

この感情がなんなのか、考えるまでもない。嫉妬だ。誰がどう見ても嫉妬だ。

わかってる、海雪が彼に抱いている感情は友人に対するそれだけなのだと。もし恋情があれば、かえってこんなふうに楽し気に俺に話せはしないだろう。

わかっているのに胸に湧き上がる醜い感情に我ながら呆れる。

せめて、顔にださないようにしなくては。

「そのときに毅くんから借りた本が面白くて。知ってますか？　古い本なんですけど面白くて」

「結局毅くんの勘違いだったんですよ」

「毅くんが言うにはですね、私って」

「毅くん」

大通りの路肩にあるパーキングメーターにたどり着くまで、俺は一体何度この男の名前を聞いただろう。そのたびに嫉妬を隠すため、普段よりよほど愛想よくしてしまったのが悪かった。海雪は〝ツヨシくん〟の話題なら俺から反応があると誤学習してしまったのだ。

「面白い人でしょう」

にこにこ微笑む海雪の瞳に、彼に対する幼なじみへの親しみ以外の感情がないか、ないとはわかっているけれど、それでもくまなく探す。

「柊梧さん？」

不思議そうに彼女が首を傾げ、ようやく俺は海雪から目を逸らした。

「いや……」

答えながら気が付く。高尾によれば、海雪は友人ひとり作ることさえ義母に禁止されていた。ならば海雪も言っていたが、同年代の親しい人間なんか、大井ひとりだけなんじゃないだろうか。使用人の息子ということで目こぼしされていたか、あるいは大井の母親が友人がいない海雪を不憫に思い、ふたりの交流を巧妙に隠していたか。おおかたそのあたりだろうとは思う。

俺は微かに息を吐き、気分を切り替える。仕方ない。彼女の数少ないだろう楽しかった思い出に、必ず大井は付随していたんだ。これからは〝楽しかったこと〟といえば、まっさきに俺との思い出が思い浮かぶようになればいいじゃないか。

パーキングメーターは事前にクレジットカードで決済しておく形式のものだったので、解除して車を出す。

「海雪、行きたいところがあるんだがいいか？」

俺の言葉に海雪は頷く。

三十分ほど車を走らせやってきたのは、とあるビーチの駐車場。俺は車を停めると、興味深げにビーチを眺める海雪に口を開いた。

「海雪。ここから二十分ほど行った先に、展望台がある」

海雪はきょとんと俺を見ている。……喜んでくれればいいのだが。

「そこまではドライビングエリアになっているし、カーブも少ないから初心者でも運転しやすい」

小首を傾げる海雪に、さらに続けた。

「よければ、運転してみないか」

海雪はしばらくぽかんと俺を見つめた。それから目をまん丸に見開き頬を紅潮させ、おそらく過去一番の笑顔で頷いた。あまりにも笑顔が眩しすぎて頭の芯がくらくらした。どうしてそんなにかわいい顔ができるんだ。

「あ、でも、免許って……」

「日本のもので大丈夫。さっき車を借りるときに提示しただろう」

「身分証明かと思って……あ、そっか、それならパスポートだけですもんね」

海雪は得心したように頷き、それから俺と運転席を代わる。

「ドキドキします。左ハンドル、初めて」

「そう変わらない。なにかあれば言うから」

海雪は俺を見上げ、ゆっくりと目を細めて頷いた。その目に信頼……のようなものがあって、俺は慌てて目を逸らす。え、なんだ。なんでだ？　どうしてそんなふうな目で見てくれるんだ？　心臓が耐え切れない気がする。好きだと叫びたくなって耐える。くそ、まだだめだ。

ゆっくりと距離を詰めて、俺を意識させ、そして必ず落とす。最終的に俺のものになれば、それでいい。心身ともに俺のものにしてしまわないと、気が済まない。

「では、出発します」

きっちりとシートベルトをしめた海雪はそう真剣な様子で言ってアクセルを踏む。

スムーズに車は出発した。

「上手だな」

思った以上の技量に感心した。

「あんまり褒めないでください、調子に乗っちゃいます」

そう言ってはにかむ海雪の頬は、楽しげに緩んでいる。おそらく免許を取り立てで、右ハンドル自体にも慣れていなかったのもよかったのだろう。すぐに初心者とは思えない雰囲気で楽しげにドライブを楽しみだした。交通量も多くない。

やがて緩やかなカーブを曲がった先で、海雪は目を丸くした。紺碧の海が眼前に大きく広がる。

ぶわりと吹いた潮風が、海雪の髪をなびかせた。海雪のかおりがする。海雪は——海雪が、笑った。俺は心臓が突かれたかのように動けない。微笑みなんかじゃない、声を上げて海雪が笑ったから。大きな声で、腹の底から楽しげに彼女が笑った。

「あはは！　すっごく楽しいです！　海も綺麗……！」

俺はなんだか泣きそうになる。海雪が安心して無邪気に笑うことのできる場所になれたのかと思うと、それだけで生きてきた甲斐があると思った。

「運転上手だな。教習、頑張ったんだろ？　……いまさらだけれど、免許取得おめでとう」

ずっと言いたかったことを、ようやく口にできた。

「ありがとうございます。でも、まだまだです」

世辞だと思っているのがわかる。でもそれでも嬉しいと思ってくれているのもわかる。もっと伝えたいことはたくさんあるのに、感情が言葉になってくれない。ただ雪みたいに降り積もる。

展望台でココナッツジュースを買った。海雪が興味津々に見ていたのだ。買うに決まってる。ココナッツの実に穴を開けストローを突っ込んだやつだ。ベンチに並んで座って、大海原を見ながらそれを飲むことにした。ストローがなんというか、飲み口が途中でふたまたに分かれた仕様のものだ。いわゆるカップルストローというやつだった。

店員に勝手にそうされたのだ。ハイビスカスまで飾ってある。

海雪がまたはしゃいだ声で笑う。弾けるような笑顔だと思う。

「本当にあるんですね、これ」

嬉しげにハイビスカスをつつく海雪にスマホのカメラを向けた。海雪が目を丸くする。

「撮ってどうするんですか？」

きょとんと首を傾げた。

いままで生きていて、こんなふうに誰かの写真を撮ろうと思ったことはなかった。いまは海雪のこの楽しげな瞬間を残しておきたいと思った。いつかこの写真を見た君が「楽しかったね」と俺に微笑んでくれたら……そう思って。

でもそう言えなくて言い訳を口にした。照れたのだ、単純に。

「……高尾に送る」

「雄也さんに？」

不思議そうにしながらも、ぎこちなくピースをした海雪は微笑んで写真に収まる。

かわいい。そのまま壁紙に設定した。

「柊梧さんも撮っていいですか？」

海雪は思い切ったように顔を上げた。俺は目を丸くする。

「俺の写真なんかどうするんだ」

「いえ……その」

海雪はココナッツで少し顔を隠すようにしながらつぶやく。照れているのか、白い頬が微かに血の色を透かす。

「柊梧さんの写真、欲しいなって」

「好きなだけ撮れ」

撮ってくれ。百枚でも千枚でも撮るといい。なんでそんなかわいい言い方するんだ。

「いいんですか？」

「減るものじゃない……というか、一緒に撮らないか」

海雪からココナッツを受け取りながら、少年のように心臓を高鳴らせ提案した。

「……え？」

海雪がポカンとする。なんでこんな表情ですらかわいいのだろう。

「だめか？」

俺の言葉に、海雪が慌てて首を振る。写真を撮る提案をしただけなのに頬が赤いのが、初心《うぶ》でかわいらしいと思う。

俺がスマホを構えると、海雪は「し、失礼します」と言って俺にくっつく。俺がココナッツを持っているからだ。すぐそばに愛おしい女性の体温を感じて勝手に体温が上がる気さえする。

海雪はそうして俺を見る――くっついているせいで、どうしたって上目遣いになる、そんな状況で海雪が照れた表情のまま弾んだ声で言う。

「じゃあ、せーので撮りましょうね」

わかった、と目で頷いた。心臓が爆発しそうだ。

「せえの」

カシャッと写真を撮る音のあとちらっと海雪に目をやった。同時に俺を見た海雪は、顔どころか首まで赤い。

恥ずかしかったらしい。きゅんとした。さらりと髪が爽やかな海風に揺れた。

反射的に髪を耳にかけてやると、海雪は目を細める。懐いてきた猫のような仕草にたまらなく抱きしめたくなる。ぐっと我慢した。せっかく心が寄り添って来始めてくれているのに、怯えさせてしまったら元も子もない。ああかわいい。内心ではもうデレデレというかメロメロというか、もはや心臓がトロトロに蕩《とろ》けているのになぜ顔に出てくれないんだ？　俺の表情筋はどうかしている。なんで素直になれないんだ俺。好きすぎてわけがわからない。

帰りは俺がハンドルを握った。助手席で海雪は潮風に目を細めやっぱり楽しそうにしてくれていた。

夕食は早めに準備することにした。ドライブのあと、地元の市場で色々と買いつけてきておいたのだ。なじみのある食材から、日本では見慣れないものまで。

ふたりで別荘のキッチンに並んで一緒に作る。窓からは水平線に沈む橙色の太陽が眺められる。

「エビ、新鮮ですねえ」

下処理をしながら言う海雪を見下ろし「ん」と答えながら幸福を噛み締める。俺はスープの準備をしながらこっそりと海雪の観察をする。細く白い指が丁寧に背ワタを取る。爪はきちんと切り揃えられている。その作業をする黒目がちの瞳は大きく印象的で、見つめれば吸い込まれそうになる。開放的な窓から差し込む夕日がその目を潤《うる》ませて見せていた。優しい目元には微かに笑みが浮かんでいて、いまを楽しんでくれているとわかった。それが誇らしくてたまらない。

「いいにおいです」

ふ、と海雪が俺を見上げて笑った。一瞬なんのことかわからず戸惑う――それくらい、海雪に集中してしまっていた。手元では作業を淡々と続けていたようだけれど。

「ああ」

俺は手元に目を戻す。オックステールスープを作っている最中なのだった。

牛の尾をほろほろになるまで煮込んだハワイの伝統料理だ。作る、といっても煮るのに時間がかかるため、市場で買い求めてきたものに仕上げだけするようなイメージだ。シイタケや野菜のダシでじっくり煮込まれたオックステールスープに、仕上げとしてチンゲンサイをたっぷり加える。あとは食べるときにパクチーとショウガ醤油を添えるだけだ。

「うまそうだな」

「あんまり食べたことないです、テール」

「俺も初めてかもしれない」

そんな何気ない会話に幸福を噛み締めつつ、エビをトマトとニンニクと炒めた。

その間に、別荘備えつけのやけに昭和レトロな炊飯器から、海雪が白米をよそってくれる。古いというわけではなく、ハワイではこのタイプが主流なのだ。

それに焼いておいたハンバーグと目玉焼きでロコモコ丼にする。これで完成だ。

料理を庭のウッドデッキに置かれたテーブルに運ぶ。それからワイン。

夕日は水平線の向こうに沈み、微かに空に橙色を滲《にじ》ませているだけだ。夜と夕方のちょうどあわいの時間帯。

さあっと風がふいた。日中は十分すぎるほど暑いこの島だけれど、この時刻になると少し冷える。室内のソファに置いてあったストールをとって海雪の肩にかける。慌てたように礼を言う海雪に軽く首を振ってみせた。

ふたり並んでガーデンチェアに座り、料理を前に無言で海を眺める。

橙に紺、紫が複雑に入り混じる空に、海雪が見惚れ、ほうっと小さく息を吐いた。

「こんなふうに夕日を見るのは、生まれて初めてかもしれません」

そうか、と答えながら思う。世界には綺麗なものがたくさんあるんだ。

ずっと高尾の家に尽くすことだけを強いられて生きてきた君に、俺はたくさんのものを見せてやりたい。感じてもらいたい。

「俺は、君が幸せであればいいと思ってる」

それだけは、まぎれもない本心だけは、どうしてかするりと口から出てくれた。海雪はびっくりした顔で俺を見上げ、それから頬を綻ばせた。そんな笑顔に、心臓が蕩け落ちて降り積もる感情に落っこちた気分になる。もう死ぬほど惚れ込んでいるのに、もう戻れないほどに恋に落ち続けている。

「私も、柊梧さんが幸せでいてほしいなと思っています」

穏やかなトーンで言う海雪の声のどこかに、俺と同じ恋慕がないかつい探してしまう。……なさそうだったけれど、それでも構わない。最愛の人に幸福を願われるなんて、今後の人生いいことしか起きないような気分になってくる。

そもそも、いまが人生で最高潮に幸福なのだ。

「……ありがとう」

思ったよりも掠れた声になった。海雪は優しい穏やかな微笑みを頬に浮かべ、「食べましょうか」と小首を傾げた。

翌日は動物園や植物園を見て回る。夕方をすぎたころ、有名ショッピングセンターの近くに開店したばかりのハロウィン期間限定のポップアップバーへ向かった。ハワイは九月の終わりごろから、ゆっくりとハロウィンの色を濃くし始めており、街中では子ども向け大人向けを問わず様々なイベントが開催されていた。このポップアップバーもそのひとつだ。

一歩入ると、古城をイメージしたらしい薄暗い店内はすでに客でいっぱいだった。客のほとんどが、ちょっとした仮装をしているようだった。角のついたカチューシャだの、ベネチアンマスクなどの小物をさりげなくつけている。ドレスコードというわけではなさそうだったから、少し不思議に思いつつ半個室の予約席に通され、海雪とソファに並んで座る。海雪は興味深げにあたりをぐるりと見回した。

「……バーなんて、初めてです」

気恥ずかし気に海雪は言う。俺は頷き、店員に渡されたタブレットをタップして海雪に示す。安心したように彼女は微笑み、それを覗き込む。ただでさえくっついて座っているのに、余計に距離が近くなる。こっそりと熱い息を吐いた。初恋にとまどう子どもみたいに、海雪の存在に慣れない。三十路にもなって恥ずかしいが、ときめきというものが実在するのをまざまざと実感し続けている。

「わあ、どれにしましょう」

そう海雪が声を上げたディスプレイのメニューには、ハロウィンをイメージしたカクテルがずらりと並んでいた。

「ジャック・オ・ランタン……かぼちゃがカクテルに入ってるって、どんな味なんでしょう？」

うきうきとする様子がかわいらしい。パンプキンクリームを添えたデザート系カクテルらしい。

「君はこういうの好きなんじゃないのか」

海雪の好きなカフェのデザート系ドリンクを思い返しちらっと彼女を見れば、海雪は「柊梧さんは」と静かに微笑んだ。

「柊梧さんの好きなものはなんですか」

「……俺の？」

そんな情報が必要だと思っていなかったため一瞬不意を突かれたような気分になる。

「柊梧さんは私の好きなものを覚えてくださってます。甘い飲み物や食事にも気を遣ってくださって、服まで選んでくれました。私があういうの、気になっていたのに気が付いてくださっていたんですよね」

柔らかに微笑み、海雪は続ける。

「ハワイに来て、ドライブも大好きになりました。なのに私は、あなたの好きなものをあまり知りません。お料理が趣味なのと、コーヒーはブラックがお好きなのかな？くらい」

真剣に、少し訥々と一生懸命にそう言われ、俺は目の前の海雪に対する愛情で胸がいっぱいになる。愛に形があるとすればきっと海雪の形をしている。高尾あたりに告げれば呆れかえられてしまうかもしれないが、俺は本気でそう思っている。

「私も、あなたの好きなものが知りたいです。教えてもらえませんか……」

そう言ってから、海雪は軽く目を伏せた。

「も、もちろん政略結婚という間柄で、個人的な事柄を教えたくないというのなら、それで」

「そんなはずがない」

俺はハッとして軽く身を乗り出してしまう。海雪の綺麗な瞳が目の前にある。どきまぎしてしまいつつ、その透明感のある目を見つめながら必死で言葉を紡ぐ。

「本を読むのが好きだ。それからランニングも……その、大学まで陸上をしていたから。食べるものにそうこだわりはないけれど、どちらかというと和食が好みだ」

「こだわりがない？　お料理がお好きなのに？」

きょとんと問われて言葉に詰まる。俺の料理好きは海雪の胃袋を掴むための急造の趣味なのだ。

「自分というより人に食べさせるのが好きなんだ」

「そう……なんですか？　お義父様たちに？」

「いや」

あんなやつらに手料理なんか振る舞ってたまるか、とやけに硬い声になった。海雪が「なら」と言いかけてとめて、それから曖昧に「そうなんですね」と笑うから、俺はハッとする。

過去の恋人に作ったとか、そんなことを考えている気がする。

「……っ、君だけだ」

「え？」

「女性には君にしか作ってない。……その、同僚なんかには食わせたけれど」

あくまで実験台として。

けれど海雪は納得したようだった。

「そういえば、毅くんも時々焼き菓子を作って職場で配っています。お母さんの大井さん仕込みなんですよ。私も彼女に教わって、焼き菓子作るの好きで」

「ああ……そんなものかな」

言いながら内心歯噛みする。くそ、また出たな大井毅。

それにしても、海雪の手作り菓子か。あまり甘いものは食べないけれど、海雪の手作りならいくらでもたべられそうだ。

いつか、食べさせてもらえるだろうか。

「他にはなにが好きなのですか？」

微笑んで俺を見上げる海雪を見ていて気が付けば「俺は」とするっと口が動いていた。

心臓が強く拍動する。アドレナリンで脳が興奮していた。君が好きだと告げるとしたら、いまじゃないか？

「俺が、一番好きなのは」

「好きなのは？」

優しく動く海雪の唇から目が離せない。海雪は口紅を塗らない。それでも赤い柔らかな唇――結婚式で、いちどだけ触れたそこ。

「好きなのは――」

海雪の呼吸が、一瞬止まった気がした。そっとその頬に触れると、海雪が目を伏せて細めた。目元にさっと朱色が散る。

海雪が目を開く。その大きな瞳は、まっすぐに俺を捉えて揺れていた。

ゆっくりと顔が近づく。海雪の吐息が直接感じられる、その距離――。

「Hi! Can I come in?」

朗らかな声にバッと海雪が俺から距離をとる。振り向けば、明るい表情の店員がカチューシャとベネチアンマスク片手に半個室の入り口に立っていた。どうやら客がつけていた仮装は、店が雰囲気を出すために提供しているものらしかった。

押しつけるように渡されたそれを、気恥ずかしさから逃れるように着ける。普段なら絶対しないのだけれど、脳内が混乱していたのだ。

そして視線を海雪に戻してさらに脳内が混乱する。

「仮装なんて初めてです」

そう恥ずかし気に言う海雪に猫耳が生えていた。眉を下げ、少し上目遣いに俺を見る海雪……。

瞠目して固まる。なんだこれ、変な性癖に目覚めそうで怖い。いや多分目覚めた。かわいいというか、あざといというか、これは無理。愛くるしすぎて死ぬ。

「や、やっぱり似合いませんよね」

外そうとしたその細い手首を握る。

「柊梧さん？」

「外すな」

「ど、どうして」

「……猫派なんだ」

海雪がきょとんと目を丸くする。この言い訳はさすがに無理があっただろうか……。

けれど海雪はにっこりと笑い「そうなんですねー」となぜか納得した。

「私も好きです、猫。飼ったことないですけど」

「いつか飼おうか」

「猫を？」

「そう。君が飼いたいのなら」

海雪は想定外だ、という顔をした。それから少し泣きそうな顔をする。

「柊梧さんは、どうしてそんなに優しいんでしょう」

「誰にでも優しいわけじゃない」

「優しいです。あの、勘違いじゃなければ」

言いかけて止まった海雪に、ぐううっと心臓を握られた気分になる。変な汗がドッと出た。「私のことを好きなんじゃないかと」と言われたらどうしようか。

「っ、こんなこと考えるの、烏滸《おこ》がましいかもしれないのですが」

「どんな考えだろうと、烏滸がましくなんかない」

むしろ君みたいな純粋な人間を俺みたいなやつが好きになって妻にまでしてしまって申し訳ないくらいだ。

「柊梧さんは」

「……ん」

「私に、ここにいてもいいと言ってくださってるように感じるんです」

海雪から出たのは、思っていた言葉とは違った。ただ、真剣なトーンにまっすぐに目線を返す。

「あ、安心するんです。変ですか？」

「変なわけあるか。そう思ってるんだから。……というか」

軽く目線を動かしてから続ける。

顔につけたベネチアンマスクが、少し羞恥を抑えてくれているのだろうか。思ったよりスムーズに言葉が続く。

「いてくれ」

海雪が目を瞬く。

「ここに、俺の横に、いてくれ。君は俺の妻なんだろう」

「そ、それはそうですが」

「政略結婚がどうのなんか、関係ない。死ぬまで一緒だと宣誓したのは嘘か」

「っ、いいえ」

「ならいいだろう」

海雪の肩を引き寄せる。

「ここにいろ。いてくれ」

海雪の肩が震え、それからはらはらと泣き出す。俺はただ彼女を抱きしめて頭に頬を寄せた。愛おしいと思う。どうしてこんなにかわいいのかと思う。同時に、彼女にいままで居場所はなかったのだと実感した。

これからは俺がいる。

俺がずっといるから、泣かないでくれ。そう思うのに言葉にならない。

代わりに、そっと頬に手を添えて涙を親指の腹で拭う。海雪が甘える仕草で頬を手に寄せてくれたから、俺は信じられない心地で再び彼女を抱きしめた。

泣き止んだ海雪と、ドリンクを頼んで乾杯をする。海雪はパンプキンクリームが添えられたオレンジ色のカクテルを、俺は黒く着色されたソルティドッグを注文した。

グラスの縁の塩が赤いのは食紅だろうか、血をイメージしてあるらしい。

「面白いですね、これ」

「飲んでみるか？」

海雪はひとくち飲んで「おいしい」と笑う。

ふとみれば、海雪の唇の端にほんの少しパンプキンクリームが残っている。

ほとんど無意識だった。

指で拭って、ぺろりと舐めてしまう。海雪が目を丸くして俺を見ていた。

「甘い」

「……っ」

海雪は真っ赤になって何度も目を瞬く。かわいくて死にそうだし、俺の心臓は相変わらず速いペースで動いている。

別荘に戻り、シャワーを済ませてベッドに潜り込む。クイーンサイズのベッドだ。

いつも端と端で眠っていたけれど、今日はくっついて眠る。

「おやすみなさい」

信頼たっぷりの瞳で言われて、俺は自身の欲望が鎌首をもたげるのを必死で抑えつける。せっかくここまで信頼を得たのに、自ら台無しにするようなことはしたくない。したくないけれど、生殺しだ。

俺はすやすやと眠る大好きな女性の寝顔を見つめながら、せめて手くらいは許されるとその小さな手を握る。

おやすみ海雪、よい夢を。

そうして目覚めれば海雪と目が合う。

「おはようございます」

まだ少し眠そうな声で言われて、全身が蕩けそうなくらい幸せだ。

そんなふうに少しは距離が近づいたような気がする、と思いながら帰国し、翌日にはまだどこか夢見心地で出勤した。

衛生隊の定期訓練の日で、いつも通りの訓練になるはずだった。衛生隊にいるのは医師と看護師だけではない。准看護師や救命士の資格を入隊後に取得した衛生員と呼ばれる職種の隊員も数多くいる。

日本近海での訓練には、基本的に医官は乗艦しない。衛生員で対応できないような緊急時はヘリなどで搬送可能だからだ。そのため、普段の艦での医療活動は彼らが担う。十分な知識と経験を身につけ海に出てもらうため、訓練には隊としても力が入る。

俺は衛生隊の講義室で、ホワイトボードを前に資格を取得したばかりの隊員たちに輸液反応性について解説していた。

「輸液に関しては過剰輸液にならないよう、脈圧の変化に十分注意するように。ＣＶＰを参考にするのは勧めない。ＰＬＲによって輸液反応性を予測し……」

座学が終われば、実技に移る。

その移動中、衛生隊の隊長である二佐に声をかけられた。

「天城、少しいいか」

「は。どうされましたか」

「実は、明日からの遠洋訓練なんだが」

アメリカ、イギリス、オーストラリアとの太平洋での長期訓練のことか、と頷く。

「参加予定だった園田《そのだ》が、昨日虫垂炎で搬送されてな。もう落ち着いているらしいんだが」

嫌な予感に、微かに眉を上げてしまう。

「悪いが天城、明日から行けるか」

近海での訓練に医官は乗艦しない。だが、遠洋ではそうはいかない。衛生員で対応できなくとも、そのとき陸地は遥か遠くにある。そのため医官も帯同せねばならないし、その場合はたいていが訓練日程などは機密にあたる。つまり、いつ帰宅するかも告げられない。

質問の体をとってはいるが、要は命令だ。俺は一瞬の間も置かずに頷く。しかし内心では複雑な心境だった。またも海雪と離れ離れになる……。切なさで胸が締めつけられそうだった。

海雪はどう思うだろうか、と秋の夜風に気を重くしつつ帰宅する。せっかく距離が縮まったのに、また二か月も家を空けることになる。

玄関のドアを開けると、ふわりとダシと味噌のいい香りがした。

「おかえりなさい」

廊下を、ぱたぱたとスリッパで音を立てて海雪が迎えに出てくれた。彼女が身に着けているエプロンは、ハワイで買った少し鮮やかな色彩のもの。よく似合っているし、にっこりと微笑む唇も魅力的だ。見るたびにかわいさが増している気がする……と、頬がにやけるのをぐっと耐えた。

「海雪」

「はい」

「明日からしばらく留守にする」

スリッパに履き替えながらそう告げると、海雪は少し考えるそぶりを見せたあと、こくんと頷いた。

「わかりました」

あっさりとした反応に、内心、ほんの少しだけ、寂しくなる。

泣いてすがってほしいとは言わないが、もう少し寂しそうにしてくれてもバチは当たらないはずだ。

そう思いつつ向けた背に、ふととすんと温もりがぶつかる。

ぶつかるというか、……腹に回った細い手に目を落とす。海雪に抱きつかれている。

「海雪？」

海雪は俺の背中に顔を当てているらしい。

「ご、ごめんなさい。急に……っ、でも、その」

恥じらうようにそう言ったあと、蚊のなくような声で、細く細く、小さく告げた。

「寂しいです」

心臓がぎゅうっと握りつぶされたかと思った。切なさと歓喜が全身で暴れる。

「ご、ごめんなさい」

そう言いながら海雪が俺から離れる——振り向いてその腕を掴み、腕の中に閉じ込めた。

「海雪」

「っ、その、違うんです」

海雪は耳朶《じだ》まで赤くして目線をうろつかせる。

「なにが違うんだ？」

違わないだろ、そう思いながら顔を覗き込んだ。海雪は泣きそうになりながら俺を見つめ、また「ごめんなさい」と呟く。

「謝るな」

声が掠れた。もう自分が抑えられない。理性をかなぐり捨て、そのまま唇に、ずっとまた触れたかったその唇に噛みつくようにキスを落とす。やっとキスできた海雪の口内を、たっぷりと味わう。柔らかな頬の内側、口蓋、歯の一本一本に至るまで。

舌を擦り合わせ、絡ませて軽く吸うころには、海雪の身体からはこてんと力が抜けていた。その細い腰を支えるようにして、さらにキスを続ける。

下唇を甘噛みしてから離れれば、海雪のとろんとした瞳と目が合った。

たっぷりと潤んだ瞳に、どこか淫らに寄る柳眉。上気した頬は、血の色を透かす。うっすらと開いた唇から、官能的な舌がちらっと見え隠れしていた。

ずくん、と本能が体内で暴れる。

「柊梧さん……」

海雪の薄く開いた唇が、細い声で俺の名前を呼ぶ。蕩け切った声に、ついに理性を情動が凌駕した。

「海雪……っ、嫌なら抵抗してくれ」

俺は掠れ切った声でそう告げながら、海雪を横に抱き上げる。少し手荒な仕草だったけれど、海雪は抵抗するそぶりを見せず、逆に俺の首に腕を回しぎゅっと抱き着いてきた。

至近距離に愛おしい女性の顔がある。その額に、こめかみに、頬に、鼻に、何度もキスを落としながら寝室へ向かう。明かりはつけなかったが、廊下から差し込む明かりでほの明るい。

ベッドに横たえ、覆いかぶさってもう一度唇を重ねた。触れるだけのものを、少しずつ深くしていく。酸欠に喘ぐように漏れる声がたまらなく淫らで、下半身に血が巡る。

とろんとした瞳が俺を捉える。彼女から俺はどう見えているのだろう？　獰猛《どうもう》な獣みたいに盛っているのじゃないだろうか。自分でも呼吸が荒いのがわかる。

海雪の両頬を包み込み、さらにキスを深める。唇が腫れてしまうのではないかと思うほどに、キスを重ねた。最初は俺が一方的に貪るだけだったキスだけれど、海雪がおずおずと応えるように舌を動かす。興奮と歓喜で思わず軽く彼女の舌を噛む。

海雪があえかな声を上げ、俺のジャケットを掴んだ。

ジャケットを脱ぐことさえ忘れてキスにふけってしまっていた。脱がなければと思うのに、いまは海雪を味わうこと以外をしたくなかった。

ようやく唇を離すと、海雪が陶然とした表情で俺を見ている。

その顔が、どれだけ男を煽《あお》るのか、きっと知らないのだろう。

俺はジャケットを脱ぎ捨て、ネクタイをむしり取るように外す。邪魔だ。

海雪がほんの少し身体を強張らせた。慌てて髪にキスを落とし、何度も撫でる。

「海雪。怖いことはなにもない。大丈夫だ」

そう告げると、俺の身体の下で海雪が「ほう」と息を吐き出す。そうしてゆっくりと微笑んだ。

「ん、あ、柊梧さん」

「はい」

信頼たっぷりの声音に、たまらなくなって抱きしめる。抱きしめたまま、海雪の耳にキスを落とす。

「ん……」

「耳、弱いのか」

「わ、わかんな……ひゃあっ」

べろりと舐めると、海雪がびくっと身体を揺らした。初心な反応にたまらなくなり、かりっと耳殻《じかく》を甘噛みする。そうして舌で耳の溝——耳甲介あたりをざらりと舐めた。

「っあ、しゅ、柊梧さん」

慌てる海雪の声を意図的に無視して、そのまま耳孔に舌を入れる。

海雪の呼吸が、明らかに甘くなる。そして、そんな自分に彼女は戸惑っているようだった。初々しさに頬が緩む。

まったく、かわいい。

気をよくした俺は、さらに耳を攻める。海雪が快楽に混乱した声で「だめ」と呟いた。

「だめ、だめです柊梧さん、そんなところ、汚い」

「汚いわけがあるか」

あえて耳元で答えると、海雪が鼻にかかった甘い息を吐き出す。

そっと指を首筋に這わせた。海雪が身をよじる。俺は逃がしてたまるかと彼女を片手で抱きしめ、耳を舌で愛撫しつつ指先でその柔肌を撫でる。首から顎の下を、猫でもかわいがるかのようにくすぐる。

「ん……あ」

海雪が微かに腰を揺らす。無意識だろう。だけれど確かに彼女の身体が欲情し始めている証拠でもあった。

首の中央に指を滑らせ、鎖骨を撫でる。その華奢な骨を愛撫し、耳ではあえて音を立てて舐め甘噛みを繰り返す。

「海雪」

耳元で呼べば、大げさなほどにびくんと彼女が身体を揺らした。

俺は腕をついて軽く身体を起こし、まじまじと彼女の顔を覗き込む。確かに浮かぶ情欲の色に、おもわずうっとりとしてしまいそうになりながら、軽く額にキスを落とす。

着ていたワンピースも、エプロンも、すでに乱れている。

たまらなく情欲を誘う姿態に、こっそりと生唾《つば》を飲みこみながら、今度は鎖骨をべろりと舐めた。甘えた声が海雪から零れる。歯で軽く噛めば、高い声とともに彼女の手がシーツを強く握る。唇を這わせながら、首筋に鼻先を埋める。海雪の甘いにおいがする。信じられないほどいい香りだ。

その首筋に軽くキスをして、それでは足りなくて強く吸いつく。きっと残るだろう痕に、俺はほんの少し独占欲が癒されるのを覚えた。

二か月。

悪い虫がつかないようにしないと――……。

すぐに消えてしまうだろうけれど、それでも。

俺は海雪の首の白い肌にいくつもキスの痕を残す。戸惑った瞳で海雪が俺を見て、俺はたまらなくなってその唇にむしゃぶりついた。独占欲でおかしくなりそうだったからだ。海雪が浮気するなんて思わない。それでも、それでも、この魅力的な女性が誰かに奪われはしないかと不安なのだ。

俺はしゅるりと海雪のエプロンのリボンを外す。それからワンピースも脱がせてしまう。

下着姿になった海雪は、シーツに横たわり心もとなげに胸元をおさえ、目を何度も瞬かせた。頬はこれでもかと赤く、下がる眉毛がなんとも言えないほどに煽情的《せんじょうてき》で、いますぐにでも貪りたくなってしまうのをぐっと耐える。

膝頭《ひざ》を必死で合わせているのが初心でたまらない。俺がその膝にキスを落とすと、海雪は微かに熱い息を吐いた。

「ご、ごめんなさい。不慣れで」

慣れていられてたまるか。そんなの、嫉妬でおかしくなる。

「構わない」

俺はそれだけなんとか答えて、海雪の太ももを撫で上げた。

「あ、は、恥ずかしいです」

素直な感情を吐露されて胸が高鳴る。やわやわと撫で、また膝頭に唇を押しつけながら問う。

「怖くはないか」

海雪は俺を見つめ、それから花が咲くかのように笑った。

「はい」

「そうか」

答える声は、きっと掠れていた。安心感で指先が震えそうだ。

初めてでもないくせに、どうすればいいのかもわからなくなりそう。

自分もシャツを脱ぎ、海雪を抱き起こして自分の膝の上に乗せる。

薄い背中から抱きしめ、独占欲の痕が散る首筋に鼻先を埋める。くすぐるようにすると、海雪が小さく笑ってみじろいだ。かわいい。

触れ合う素肌に、じわじわと幸福感で身体が満たされていく。海雪の体温を直接感じられる権利が、自分に与えられた僥倖《ぎょうこう》に心から安堵した。

海雪を幸せにしたい。誰よりも、世界中で一番自分が幸福なのだと胸を張ってもらいたい。でもきっと彼女はそうしないだろう。そんな彼女だから俺は惚れたのだと思う。それならば、俺は俺で胸を張れるようになりたい。俺は世界一海雪を幸せにしていると――そのための努力ならば惜しまない。

……まずは素直に感情を表すべきなのだろうけれど。

俺は軽く呼吸を整え、海雪のうなじに触れるだけのキスをしながら口を開く。

「綺麗だ」

ぴくっと海雪の華奢な肩が震え、少しのためらいを雰囲気に滲ませ振り向いた。

不思議そうな顔をしている。俺はその目から目を逸らさず、はっきりともう一度告げる。

「君は、綺麗だ」

海雪の頬どころか首までも赤くなる。真っ赤な耳朶がたまらなく好ましく、唇で触れればひどく熱い。抱きしめたまま再びシーツに押し倒す。

組み敷いて、初心になんどもかわいらしい照れを見せる海雪をキスでなだめながら、ゆっくりと下着を脱がせた。

彼女が身に着けているのは、薬指の結婚指輪だけだ。

そっと胸のふくらみに手を伸ばせば、柔肌が手に吸いつくよう。指先でまさぐるように、けれど決して急がずに彼女の官能を刺激していく。先端が芯を持ち、彼女の呼吸が甘く蕩ける。

指と舌で、緊張で強張る海雪を丹念にほぐしていく。

「は、あ……」

海雪の呼吸は熱く、そして震えていた。キスして舌を擦り合わせれば、甘えるように舌先が絡まる。そうしてスラックスをくつろげ、海雪の膝裏をそっと持ち上げた。

固く興奮した昂ぶりを、潤み切った足のつけ根にあてがう。

視線が絡まった。海雪の唇が微かに動く。声にならない声で、その唇が俺の名前を呼んだのがわかる。胸を突かれる思いがした。愛おしさで泣き叫んでしまいそうになる。

降り積もる恋慕に押されるように、ゆっくりと彼女の中に進む。

ああ、君に溺れる。

理性的な思考があったのはそれが最後で、気が付けば情欲に操られ海雪を思うさまに貪っていた。海雪を何度も絶頂に追いやり、声が嗄《か》れるまで啼かせた。

カーテンの隙間から早朝の朝日が差し込む。

くてんと力を抜いて眠る海雪を見下ろし、前髪をかき上げながら苦笑する。

首筋だけでなく、胸に、腹に、脚にいくつもつけた痕。初めてだったのに無理をさせすぎただろうか。

寂しい、とは言ってくれたけれど。俺がいない間、君は少しは俺を思い出してくれるだろうか？

俺が君を想うなん分の一かだけでも、切なく感じてくれるだろうか。

「愛してる、海雪」

頬にキスをしながらそう呟き、この仕事に就いて初めて、海に出たくないなと思った。

していく。

「天城一尉、ランニングか」

背後から声をかけられ、走るスピードを落とした。潮のにおいが鼻腔から肺を満たしていく。

長期間の航海に備え、この艦にはちょっとした筋トレ用にトレーニングルームなども用意してある。けれどそのほとんどは一部の筋トレを心から愛する隊員の取り合いになっていることが多いので、俺は空き時間の運動にはたいてい甲板をランニングすることにしていた。一周二百メートルほどだし見える景色は延々と大海原ということもあり正直つまらないと思う。けれど黙々と走る。健康のためだ。

海自の隊員は陸自と比べて肥満率などが高い。これは陸自と違い体力トレーニングが各自の裁量に任されていることが原因だ。

海自の隊員の健康を預かる俺としては由々しき問題だと考えており、とりあえず自ら率先してトレーニングを始めていた。本人がだらだらしていたら説得力もないだろうし、それに普段からランニングを欠かさないため動かないと気持ちが悪いのもある。

「お疲れさまです」

俺は声の主、航海長を務める二佐に目礼を返す。自衛官は……というより、日本の公務員は着帽時以外、基本的に敬礼はしない。ランニングウェア姿の二佐は俺の横に並んで走りつつ「それにしても、今回は悪かったなあ」と日に焼けたかんばせに申し訳なさそうな色を浮かべた。

「新婚旅行から帰ったばかりだっていうのに、訓練にかりだして」

「いえ」

虫垂炎なら仕方ない。むしろ乗艦中に発覚せずに済んでよかったのだろう。

そう思うものの、海雪に会いたくてたまらない。薬指の指輪にそっと触れた。

出航から一か月。まだ一度も海雪と連絡が取れていない。なにしろ、外洋のど真ん中だ。

いま乗艦しているヘリ搭載型イージス護衛艦の装甲は、一定程度の放射線さえも遮断する。つまりはそれよりよほど弱弱しいスマホの電波など、奥部にある居住区ではどうあがいても入りようがない。というかこんな大海原の上は圏外だし、そもそも航路が機密指定になっている訓練のため〝敵〟に捕捉されるような電波を発するわけにもいかない……つまりはスマホは基本的に使用禁止なのだった。

使用が許可された日本近海や諸外国の沿岸に近づくと、非番の隊員はいそいそと甲板にスマホを持って出て行く。電波がとどく位置で家族や恋人と連絡を取るためだ。

ただ、外洋でも日時を指定して艦内のＷｉ‐Ｆｉが使用可能になることがある。

それが昨日だった。……海雪からの連絡はなかった。ただ高尾や同僚からいくつかメッセージが届いていたくらいだ。

「奥さんも寂しがっているだろ」

「出航前、寂しいとは言ってくれていましたが」

「けどなんだ、嫁ってすぐ旦那の不在に慣れるんだよなあ」

さらっとそんな悲しいことを言って二佐は走り去っていく。俺も走り出しながら、海雪は俺のことなんか思い返してもないのかもしれない、と暗澹《あんたん》たる気分になる。

海雪の唇の感触を思い出す。髪を梳《す》く手触り、その香り、頰をよせれば温かい。

潮風が吹く。ハワイで嗅いだものより濃い海のにおい。

海雪のことばかりが胸をよぎる。


しばらく経った夜のことだった。夜間のヘリの離発着訓練中に、整備を担当している隊員が肩を打ったと聞いて応急バッグをひっ掴み甲板に急ぐ。甲板に続く格納庫は赤く染まっていた——血ではない。夜間用の照明だ。戦闘時、いきなり明かりが消えてもすぐに目が暗順応し作業を続行できるよう、夜間は赤い照明を使用しているのだ。

当該隊員は肩をおさえ、唇を噛み呻《うめ》いていた。

「なにがあった？」

「ああ、自分のミスなんです」

苦悶に眉を顰める彼から説明を受けつつ、肩の様子を確認する。幸いなことに骨折などをしている様子はなく、単純に外れてしまっている状態だった。痛みがあると嵌める際に力が入ってしまうため、鎮痛剤を注射してから思い切って腕を上げ、嵌める。

こういうのは思い切りが大切だ。

「いたたたたた」

「我慢しろ、注射しただろ」

「そんなんだから自衛隊の医者は手荒だって言われるんすよ」

軽口が叩けるようになっているなら安心だ、と肩を固定ししばらく安静にするように彼とその上官にいくつか注意点を伝える。そうして——ふと空を見上げた。漆黒の雲ひとつない空を満たし彩る星の輝き。

月がないため、星が一つひとつ、くっきりと眩く見える。

雪のように、天から降ってきそうなほどの星々。視界の全てが星屑に覆われる。

ぽん、と艦ごと宇宙に投げ入れられたかのよう。

海雪に見せたいと思った。どんな顔をするだろう。きっと笑ってくれるだろう。

いつも笑顔でいてほしい。そのためなら、俺はなんでもする。俺が海雪を笑顔にしたいんだ。他でもない、俺自身が。

だから、伝えたいと、はっきりと思った。それくらい、いつだって君のことを考えているのだと。

帰ったら、伝えよう。愛していると、はっきりと素直に。

子どもじみた照れや羞恥なんて投げ捨てて、好きになってくれと懇願しよう。政略結婚なんかじゃない、君を手に入れるためだったのだと正直に謝ろう。


そう決意して、一か月と少し。

じきに日本が見えてくる、それくらいの距離で俺は思ってもいなかった連絡を受け取る。

待ち望んだ、海雪からの連絡。

その内容は、俺の頭を真っ白にした。

# 【三章】育っていく感情（ｓｉｄｅ海雪）

妊娠しているのに気が付いたのは、柊梧さんがお仕事で船に乗って一か月ほどしてからだった。

仕事も退職し、とりあえず運転技術を磨こうと車のディーラーからもらってきたパンフレットをながめていたときのこと。突き上げるような吐き気に襲われた私はトイレにかけこみ、ついでに「あれ」と目を丸くした。

最後に生理が来たのって……新婚旅行前だ。

帰国してすぐに、なにがどうなってああなったのかはわからないけれど、柊梧さんに抱かれた。ものすごく丁寧に、甘く、優しく……。

あの夜を思い出すと、胸の奥が切なく甘く、きゅうっと痛む。柊梧さんに会いたいなと思ってしまう。寂しいって……。

彼が再び家を空けると聞いたとき、私は突き動かされるように彼にしがみついていたのだ。新婚旅行で、柊梧さんはどう思っているかわからないけれど、私自身は、彼との距離が縮んだと思っていた。優しく、私を受け入れてくれる彼に……切なさによく似た感情を抱くようになっていた。

一緒にいたい。いつも、どの瞬間も。

これは、一体なんという名前の感情なのだろう。わからない。わからないけれど、嵐のようにこの感情に襲われるたび、スマホを握って「寂しいです」と伝えそうになってしまって慌てて自制した。きっと彼は、お仕事で忙しくて私のことなんか思いだしてもないだろうし、会いたいなんて言われても迷惑なだけだろう。でも気遣ってはくれると思う。とっても優しい人だから。だからこそ、安易に甘えられないと自分に言い聞かせた。彼はお仕事で大変なんだから。

「妊娠六週……」

私は病院の帰り、海の見える公園で冬になりつつある潮風に頬を撫でられながら呟いた。手には白黒のエコー写真がある。病院では赤ちゃんの心音も聞かせてもらった。でもまだ現実感がない。あるのはぼんやりとした吐き気だけだ。

誰にも伝えられなかった。伝えるような関係性の人が、誰ひとりとしていなかった。大井さんや毅くんに言えば喜んでくれるだろうけれど、まだ初期だし伝えるのも心配だ。実家の人たちは無関心だろう。

柊梧さんは、なんと言うだろうか。身体を気遣ってくれるだろうなとぼんやり海を見ながら思う。この海の遥か遠くにいる彼は、政略結婚の結果だとしても妻になった私にとても優しいのだ。

少しくらいは、喜んでくれるだろうか。

帰ってきたら最初に伝えよう、と思いながら立ち上がり、マンションに向かう。

静かな夜、ひとりでリビングのソファに座りながらお腹を撫でてみる。まだ全然大きくない、でも確かに命があるらしいお腹。

「赤ちゃん」

そっと声をかけてみた。その瞬間、不思議なことにじんわりと妊娠の実感が押し寄せてきた。ちょっとだけ涙ぐんでしまう。私はどんなお母さんになるんだろう。

私の、赤ちゃん。一生懸命に愛そう。大切にしよう。ちいさなちいさな、私の家族……。

胸にこみあげてくる感情で、ぽろりと涙が零れた。嬉しくて嬉しくて仕方ない。

あなたはどんな顔をしているんだろう。どんな声で泣いて、どんなふうに笑うのだろう。まだ初期も初期なのに、そんな感情や想像が次から次へと湧いて止まらない。

二週間後、再び診察があった。今度ははっきりと赤ちゃんの身体まで見ることができて、そうするとさらに愛おしさが増した。市の家庭支援センターで母子手帳を受け取って、かわいらしいデザインに目を瞬いた。母子手帳って、こんなふうなんだ。

マンションまで帰ると、植え込みの前に雄也さんが立っていた。手には洋菓子店の箱がある。

「雄也さん？」

「ああ、おかえり海雪。タイミングがよかった。買い物帰りかい？　少し寄らせてもらったよ」

そう言ってどうやらケーキが入っているらしい箱を私に掲げて見せた。私の好きな洋菓子店のケーキだ。雄也さんは実家にいるときからここのケーキをこっそり買ってきてくれたりしていたのだ。

「海雪の好きなアップルパイだよ」

「うわあ、ありがとうございます！」

うきうきしながら部屋に通すと、ソファに座って開口一番に「天城に連絡していないだろう」と苦笑とともに言われた。

「お忙しいと思いますし……それに連絡もつきにくいと言われているので」

緊急時には基地を通してだっけ、と思いながら言うと、雄也さんは眉を下げた。

「まったく、君たち夫婦は……。ここには奴に頼まれて来たんだよ。元気にしているか心配だって」

「ものすごく元気ですよ」

アップルパイによく合う紅茶を淹《い》れながら答える。ふんわりとした香りがリビングを満たした。

ローテーブルに紅茶を置き、お皿にアップルパイを取り出した。相変わらずおいしそうなそれを目にしたところで……唐突な吐き気が胃を締めつける。

「う……っ」

トイレでは間に合わないと判断し、キッチンに駆け込んで胃の中身を吐き出した。

嘘でしょう、あんなにおいしそうなアップルパイなのに……なんで吐いちゃうの。

つわりってこんな感じなの？

ものがなしい気分になりつつ顔を上げると、雄也さんがいつの間にか私の横に立っていた。吐いたものを見られている、と慌てて流そうとすると手を止められる。

「色に異常はないかな。血もなし……海雪、腹痛は？　いま初めて吐いたの？」

「え、えっと」

「下痢はしている？　頭痛やめまいは」

「あの、大丈夫です。その」

「大丈夫、じゃない。吐いてるんだぞ。あいつがいない間に君になにかあったら、僕が殺されちゃうよ。うん、熱はなさそうだね。お腹に触ってもいい？」

診察され始めてしまって、慌てて「つわりだと思います」と細い声で告げる。

雄也さんはぽかんとしたあと、あんぐりと口を大きく開く。

「つわり」

「に、妊娠……してました」

「天城には」

「まだ……ですけど」

「どうして」

どうして？

私は首を横に傾げつつ、口を開く。

「お仕事の邪魔をしたくなくて」

結局、さっきと同じ答えを繰り返しただけだった。けれど雄也さんはひたすらに慌てたように「知らせたほうがいい」と繰り返す。

「絶対に大喜びするから」

「そうでしょうか。優しいかたなので、気遣ってはくださるとは思うのですが」

「気遣うどころじゃ済まないよ。そりゃあ、すぐに連絡が取れる場所にいるわけではないと思うけど……とにかく、ほら」

口をすすいだ私を雄也さんはソファに座らせ、その間にアップルパイは片づけてくれた。

「つわりって、日によって症状が違うらしいから、明日には食べられるかも。無理なら捨ててくれて構わないから」

そう言って冷蔵庫にしまってくれた。ありがたく思いつつ、スマホを手になんとメッセージを送ればいいか迷う。逡巡してから、普通に【妊娠していました。いま八週です】と送信する。送信してからちょっと手に汗をかいていたのに気が付く。緊張していたみたいだ。ふと思いついて白黒のエコー写真もスマホで撮って送信した。

まあ、既読になるのがいつなのかもわからない。

あまり気にしないようにしよう、と心に決め過ごししばらく経った。

身体が辛いからとはいえ、あまりのんびりしすぎてもよくないと思い立ち、海辺の公園まで散歩に出かける。ここは海上自衛隊と米海軍基地の近くで、係留された艦船を眺めることができる。大きな船をベンチからのんびりと眺めていると、ふとスマホ

い。

　通話にでると、雄也さんだった。心配してまたマンションを訪ねてくれていたらしい。

『ああ、あの公園か。いまから行くよ』

　しばらくしてやってきた雄也さんの背後に、久しぶりに会う毅くんのスーツ姿が見える。秘書兼運転手である彼の運転で公園まで来たのだろう。私を見て、毅くんは目元を綻ばせた。

「おめでとう、海雪。雄也さんから海雪が妊娠中だって伝言もらった。直接教えてくれてよかったのに」

「気を遣わせるかなあって」

「オレにはなんでも言ってくれよ。……友達、だろ?」

「そうだね、ありがと」

　微笑み返すと、私の横に雄也さんが座る。私たちの前に毅くんは立ったまま、相変わらず穏やかに笑っている。

「海雪、つわりはどう?」

雄也さんの質問に「もうだいぶいいんです」と答えつつ、苦笑する。

「吐きづわりはないんですけど……どうにも眠くて、家にいるとついつい眠ってしまうのでお散歩にでてたんです」

「身体が休めと言っているんだよ」

雄也さんは優しく微笑み、「それなら」と手を叩いた。

「公園の入り口にキッチンカーが来ていたよ。デカフェのカフェオレがあった。買ってこようか。身体も温まるだろう？」

「え、悪いです」

「僕もコーヒーが飲みたかったんだ。毅はブラックだよね？」

「ああ、なら自分が行きます」

「いいよ、僕が言い出したんだし。毅は海雪といてあげて」

歩き去っていく雄也さんの背中を見送りつつ、毅くんがふっと口角を上げた。

「それにしても海雪がお母さんか。いまいち想像できないな」

「ふふ、私も」

そう答えつつ、私は鞄から持ち歩いている母子手帳ケースを取り出す。

「これ見て、赤ちゃん」

エコー写真を見せると、毅くんは目を細めた。

「へえ。かわいいな。多分、旦那さん似」

「うそ、わからないでしょ」

くすくすと肩を揺らすと、毅くんはさらに優しげに目を細める。

「どうしたの？」

「いや、よかったって思って」

「なにが？」

「海雪が幸せそうで……母さんも心配してた。……子ども、楽しみだな。海雪に似ているといいな」

「そう？　柊梧さんのほうが――」

「海雪似がいいよ」

そう言って毅くんは微かに笑う。含みのある言葉に首を傾げたところで、雄也さんが紙袋を持って戻ってきた。

三人で少しお茶をしたあと、毅くんに運転してもらいマンションの前まで送ってもらう。

「またな、海雪」

運転席からそう言われ、私は笑顔で手を振った。

その夜のこと。

私はその日、どうにも夕食を食べる気がせずソファで横になりぼんやりテレビを眺めていた。やっぱり、眠りづわりなんだろうか、どうにも眠くてたまらない。少し家のことをしただけでひどく眠くなってしまっていた。幸い、吐き気は少しずつ収まってきていたのだけれど。

どうやら、テレビを見ながらそのまま眠ってしまっていたらしい。

玄関での物音に気が付き、身体を起こす。頭がまだ半分眠っているのかうまく働かないまま、手元のスマホに目をやって、ディスプレイに浮かぶ【不在着信　30】の異様さに気が付く。バッと目が覚めた。不在着信、三十件……⁉　まさか、柊梧さんになにかあったんじゃ、と立ち上がりかけたところでリビングのドアが開いた。

柊梧さんだ。無事だったことにホッとしてしまい、すとんとソファに座ってしまう。

帰宅がいつになるかわからない、と言われていたけど……今日だったんだ。

ようやく会えた彼の姿に、胸の奥がじわじわと温かくなった。

おかえりなさい、と口を開きかけた私に柊梧さんが微笑んだ。

頭がフリーズしてしまう。目を瞬いて頬をつねった。これもしかして、夢なのかな？　柊梧さんが笑ってる？

「海雪」

頬をつねる私に、ホッとした声がかけられる。初めて聞く声音に目を丸くした。

「ただいま。すまなかった、寝ていたのか」

「え……あ、ご、ごめんなさい。ちょっと、その」

「構わない。構わないというか」

柊梧さんは私のそばまで来てしゃがみ込み、私の顔を覗き込んで真剣な顔をして続ける。

「いまは自分の体調をなによりも優先してほしい」

「あ……はい」

やっぱり優しい人だなと頷く。その頷いた姿勢のまま、私はまたもやフリーズしてしまった。……強く、抱きしめられたから。

「海雪、伝えたいことがある」

「は、はい……」

私は彼の固い身体の温かさに頭の奥をじんとしびれさせながら返事をする。彼のにおいがする。胸が切なさでぎゅうっとした。会いたかった、という言葉が口からでかかってきゅっと呑み込んだ。きっとそんな言葉、彼は望んでいないから……と思った矢先、彼から発せられたのは想定外の言葉だった。

「海雪、会いたかった」

「……え」

「本当に……ずっと君のことを考えていた。どこにいても、なにをしていても」

自分の耳を疑った。彼はなにを言っているの？　自分が信じられないのに、勝手に鼓動は速くなって身体が熱くなる。

柊梧さんは何度か深呼吸をした。それから意を決したかのように私を抱きしめなおす。

「愛してる。……俺と結婚してくれてありがとう」

柊梧さんの、ひどく速い鼓動が伝わってきていた。

私は信じられない思いで身体を強張らせて目を見開く。

いま、柊梧さんは、なんて……？　愛してる？

やっぱりこれ、夢なのでは。

むにっと頬を再びつねる私から、柊梧さんは軽く身体を離し眉を下げた。

「突然で、なにを言っているのかと思っているかもしれないが……」

「あ、そ、その、すみません。びっくりして」

「それはそうだ」

やけに真剣に彼は頷く。

どうして急にそんなことを……と思うけれど、すぐに納得する。私が妊娠したからだ。柊梧さんは子どもが好き？

ううん、というか、こんなに優しい人なんだもの。自分の子どもを妊娠した私を、より一層大切にしようと決意したってなにもおかしくはない。

それがどこか、くすぐったいように嬉しくて、お腹の赤ちゃんに感謝したくなる。

家族という存在に、心の奥底で、ずっとずっと憧れてきた。高尾の家のために政略結婚せねばならない以上、望んではいけないと思いつつ、ずっと……。

なのに。

政略結婚なのに、柊梧さんはそれをかなえてくれようとしている。

私も、家族として彼のことを、もっと大切にしたい。愛したい。お腹の赤ちゃんのお父さんお母さんとして、家族として愛し尊敬しあえる、そんな関係でいたい。

そこまで考えて、私はようやく、ずっと彼に抱いていた切なさの正体に気が付く。

恋だ。

そして同時に悲しくなる。彼からこの感情が返ってくることは、きっとない。

それでも、幸福だ。だって彼は私のことを愛していると、そう言ってくれているのだから。それが家族愛にすぎないとしても。

私はそっと肩から力を抜いて、少しだけ笑ってみせた。

「柊梧さん。その、びっくりはしましたけど、でも、とても嬉しいです。私も、あなたのことを……尊敬しています。妻として、あなたを愛していきたいと、思っています」

訥々となりつつも、一生懸命にそう告げた。ちゃんと言いたいことは伝わっただろうか。恋愛関係ではなくとも、尊敬しあえる夫婦になりたい。優しいお父さんお母さんになりたいの。

少し不安になりつつ、そっと彼の顔をうかがい見て――。

その瞬間の彼の表情を、私は死ぬまで忘れられないだろう。

安堵と、歓喜と、それからいろんな感情がない交ぜになって……泣き出しそうな、笑いだしそうな、そんな表情だった。

「海雪……っ」

柊梧さんは私の頬をその大きな手のひらで包み、触れるだけのキスを顔じゅうに降らせる。その少しかさついた柔らかな温かさが、どうしてだろう、泣いてしまいたいくらい切なくて嬉しい。

「会いたかった」

その切なさに押されぽろっと零れた言葉に、柊梧さんは蕩けるような笑みを浮かべて「俺も」と答える。

「さっきも言ったけれど、本当に君に会いたくて……いまは十週くらいか。帰国直前にようやくスマホを確認できて、返信する間もなく圏外になってしまって……悪かった。つわり、少しは落ち着いてきたのか？」

そう言いながら、彼は私の横に座りなおし私の肩を抱く。

されるがまま、素直に彼の肩に頭を預けつつ、お腹を軽く撫でた。

「吐きづわりは、ずいぶん落ち着いてきました。でも眠くて」

「眠りづわりかな。眠いときはとにかく寝ているといい」

な？と優しく彼は私の髪を梳くように撫でた。硬い指先から確かに感じる慈しみに、鼻の奥がつんとして、目の奥が熱くなった。

確かな幸福だった。

死ぬまで与えられるはずのなかったもの。

ぎゅうっと目を閉じる私を、彼が柔らかく抱きしめた。

「海雪？」

「ごめんなさい、ごめんなさい」

なにに対して謝っているのか、わからなかった。そんな私を柊梧さんは抱きしめ、優しく背中を撫で続けてくれた。何回も、私が泣き止むまで、ずっと、ずっと。


一週間ほど休暇があるらしい柊梧さんの、私への甘やかしっぷりは少し困惑してしまうほどだった。

まず目が覚めて、身動きが取れないことに驚く。

首を捻れば、柊梧さんが私をぎゅうぎゅうに抱きしめて眠っていたことに気が付いた。かろうじて寝返りは打てる。ころんと彼のほうを向いて、眠る柊梧さんの端整なかんばせを見つめた。男性らしいくっきりとした喉仏が目の前にある。なんとなく触ってみると、微かに身じろぎして柊梧さんがうっすらと目を開いた。

お、起こしてしまった……！

「ご、ごめんなさい。お疲れなのに、起こしちゃ……」

言い終わる前に、前髪をかき上げられて額にキスを落とされた。目を丸くする私の頭にほおずりをして、もう一度抱きしめなおして柊梧さんは言う。

「おはよう、海雪」

蕩けるような、甘い甘い声音だった。きりっとしている目元が和らげられ、頬も緩んでいる。

幸せそうな、そんな笑顔だった。

心臓がドキッと大きく跳ねる。

「お、おはようございます」

答えながら、頬が熱くなるのを感じる。そんな私に、彼はさらにキスを落としてくる。何度も目を瞬かせた。

昨日は、久しぶりに会えた嬉しさもあってちょっとちゃんと考えられなかったけれど……なんていうか、その。

「どうした？　海雪」

お砂糖に蜂蜜《はちみつ》をかけてさらに煮詰めたくらいに甘い声だ。さらり、さらり、と私の髪を梳いている。

「まったく、朝からそんなにかわいい顔をして。君はずるい」

髪をひとふさ掬い上げ、彼はそっとキスを落とす。髪の毛なんかに神経があるはずないのに、そこにはっきりと熱が伝わっている気分になる、耳まで熱い。きっと全身真っ赤だ。

……本当に、あの柊梧さんなの？　柊梧さんだよね？　海でお仕事中になにかあって、別人と入れ替わって……なんて荒唐無稽《こうとうむけい》なことまで浮かんできていた。

朝食だって私の希望を聞いてから作ってくれて――もっともこれは、柊梧さんがお料理が趣味だから、というのもあるだろうけれど。どうやら職場に差し入れを作って持って行っているようだったし、本当に人に料理を作るのが好きなんだろう。

「おいしそう……！」

テーブルに載せられたフレンチトーストに、思わずそんな言葉が出た。きっとものすごく目を輝かせてしまっているだろう。柊梧さんは少し得意気に口角を上げた。

「昨日まで乗っていた船の調理員から教わった」

「海のコックさん、ということですか？」

そうだ、と柊梧さんはやけに真剣に頷く。

「海自メシは旨いんだ」

頷きつつ、ちょっと食べてみたいなと思う。

「海雪。冷えないか？　上に羽織る？」

彼が帰宅した翌日が、ちょうど産婦人科での検診の日だった。朝食後一緒にマンションを出て、十秒くらいで柊梧さんは私の顔を覗き込んでそう言ったのだ。手をしっかりと、指と指を絡める恋人繋ぎにして。

植え込みの色づいた銀杏が、晩秋の陽射しを透かす。その光が、柊梧さんのまっすぐな目をきらきらと彩った。

私は眩しいものを見た気分になって目を細めた。大切にされているのが、とてもとても嬉しい。もともと、優しくしてもらってはいたのだけれど……そっけなさが掻《か》き消え、くすぐったいほどに甘い。

「寒くないですよ」

「そうか？　やっぱり車でいかないか」

「ごろごろしてばかりなので……少し歩きたいなって」

そう答えると、柊梧さんは「わかった」と頬を緩めた。

「産院はなにを基準に選んだんだ？　いい病院だとは思うけれど」

「ええと、通いやすさと、あと、ネットのクチコミがよくて」

相談できる相手もいなかったから、必死で調べたのだ。柊梧さんは微かに眉を下げた。

「すまなかった、初めてのことなのにひとりで色々と決めさせて」

「いえ、そんな」

「しばらくは陸《おか》にいると思うから、なんでも頼ってほしい」

穏やかに言う彼に、ちょっとだけ驚きが隠せない。

二か月の出航前まで、彼から返ってくる言葉なんて、私にまったく興味がないとまでは言わないけれど、それでもほとんどがそっけない「そうか」だけだったのに。

私はこっそりとお腹を撫でた。

すごいなあ、赤ちゃん効果。一瞬、私に恋愛感情があるのかもなんて期待してしまいそうになって、慌てて打ち消す。そんなはずないじゃない。

産院の診察でも、彼はとても真剣だった。エコーの見方なんかもおそらく知っているだろうに、先生の説明をしっかりと唇を引き結んで頷いて聞く。

「あ」

エコーを見ながら思わずつぶやいた。白黒のエコー映像で、赤ちゃんがもぞもぞと動いているのが見えたからだ。じっと凝視していると、柊梧さんがぎゅっと私の手を握ってくれた。彼もまた、目をきらきらさせてエコーを見つめている。

「あらあ、赤ちゃん元気いっぱい」

担当の女性ドクターが優しい声で言った。

「ちょっと測らせてねえ。ええと、身長は三センチ……」

身長以外の大きさも計測していたようだけれど、私にはよくわからない。ただ柊梧さんは画面に表示される数字を見ながら、少し安心したように目元を緩めたのがわかった。ちらっと視線を向けると、にっこりと微笑まれる。きっと赤ちゃんは順調に成長しているのだろう。私も安心して微笑み返す。柊梧さんは少しだけ目を見張り、それから柔らかく頬を緩める。

心臓が大きく高鳴って、ぱっと目を逸らした。以前のクールな彼にさえドキドキしてしまっていたのに、こんなふうに甘く接せられると余計に息が苦しくなってしまう。

帰宅して、お茶を淹れようとすると目線で窘《たしな》められた。

ソファに座ると、柊梧さんが香りのよい紅茶を淹れてくれる。デカフェのもので、帰りに彼が買ってくれたのだ。

「なにか食べたいものは？　それ飲んだら少し横になるか？」

ひざ掛けまでかけてくれつつそう言われて、ふるふると首を横に振った。

「大丈夫です。晴れてますし、ベランダのお掃除を……」

「ベランダの掃除」

世界の終わりでも来たかのような声で彼は言った。目を丸くして彼を見つめる。え、なにか変なこと言ったかな？

「そんなもの俺がやる。本を読むでも、テレビで映画を観るでも、なんでもいいから俺がいるときくらいゆっくりしていろ」

「でも」

「というか、ひとりのときでも無理は決してしないでくれ。ベランダが汚れていても誰も死にはしないが、君になにかあったら俺が死ぬ」

「そんな」

大げさな、と彼を見ると、柊梧さんはめちゃくちゃ心配そうな顔をしていた。思わず目を丸くする。

「頼むから」

心の底から心配されている声のトーンに、おずおずと頷きつつ……心配してもらえること自体が不慣れな私は、そのことがやけに幸せで仕方ない。

頷いた私に満足したのか、彼は微笑み私のこめかみにキスを落とした。

「いい子だ」

耳のすぐそばで、そんな甘くて低い声がする。背中がぞくぞくする、色香さえ感じる声音だった。きっと顔が真っ赤だ。どうしていいかわからなくて彼を見上げると、唇にキスまで降ってくる。

結局、紅茶をいただいたあと眠くなってしまい、ベッドで少しだけ休ませてもらうことにした。ちょっとだけウトウトするつもりが、ぱっと目を開くともう窓の外は夕方の色を滲ませている。

慌ててリビングにいくと、いい香りがして、きゅるっとお腹が鳴ってしまう。

「起きたか」

キッチンから柊梧さんが顔を出し、ゆったりと微笑んだ。覗き込めば、おいしそうな和風の豚の煮物が鍋で煮えている。お野菜たっぷりのお味噌汁もあった。

「いいにおい……すみません、お夕飯まで」

「いや、いいんだ」

柊梧さんは私をダイニングテーブルに着かせ、香りのいいほうじ茶まで淹れてくれた。

「病院行って、買い物までしたんだ。疲れただろう」

「いえ、荷物は持っていただきましたし」

恐縮する私の前髪をかき上げて、額にキスを落としてきた。

「俺がしたいようにさせてくれないか？」

「え」

「大切な妻が、自分の子どもを妊娠しているだなんて……幸福すぎて、なにかしていないと落ち着かない。とにかくひたすら甘やかさせてくれたら、それでいいから」

そう言って頬を寄せられ、気が付けばこくんと頷いた。柊梧さんは満足げに頬を緩める。

二か月前までそっけなかった彼は、どうやらずいぶん子煩悩らしいと、ドキドキしてぽうっとしてしまっている頭のどこかで考えた。――好きになってはいけないのに、恋心も大きく育っていっているみたいだった。

お腹の赤ちゃんは元気にスクスク育っていって、年明けにはいわゆる安定期といわれる妊娠十六週を迎えた。まだ胎動はよくわからないけれど、診察のたびに元気に動く姿も見ることができて、とても安心していた。

「安定期に入りましたよ」と夕食の席で伝えると、柊梧さんは微かに眉を寄せて噛んで含めるように私に言う。

「いいか。医学的には安定期なんてものはない」

「ないんですか」

「ない。だから引き続き身体には気を遣ってくれ」

きっぱりと言う柊梧さんからは、私への過保護っぷりをやめようとするそぶりは感じられなかった。

柊梧さんのお仕事は、このところどうやら落ち着いているみたいに思えた。週に二回の高尾病院への通修の他は、基地内での勤務で、前のように長期間船に乗ってどこかへいく雰囲気もない。

帰宅時間はまちまちだけれど、帰宅すれば真っ先に私の体調に気を遣い、ぎゅうっと抱きしめて幸せそうにキスをしてくれる。

私はまだ、もう何回もされたというのにキスに慣れなくて、そんな私を見て柊梧さんはどこか微笑ましげに目を細め、なんどもキスを繰り返す。

一緒に眠れば、優しく抱きしめられて眠り——目が覚めれば、お互いに微笑み合う。

ようやく感じてきた胎動を、外からではまだわからないとわかっていても、お腹に手を当てて「早く会いたい」と目元を緩める柊梧さんに、私は胸が締めつけられる。

切なくて、嬉しくて、どきどきして、私も彼を幸せにしたいと心から思う。

なんていう名前の感情なのだろう。恋心だけじゃない。

どうしようもなく幸福で。

びっくりするほど平穏で。

信じられないほど満たされていて。

こんなふうに日々が続いていくのだと、私は思い込んで過ごしていた。

妊娠六か月に入ったあたりから、少しずつ出産準備を始めよう、ということになり一緒にベビーベッドを選び、名づけの本を買ってソファで並んで眺めてみたりした。

柊梧さんと過ごしていると、ふわふわした幸福感と一緒に、自分でも驚くほど心臓がドキドキしてしまう。きっと彼と過ごすことが、嬉しくてしかたないのだろうな。

「もうすぐバレンタイン、か」

柊梧さんをお仕事に送り出したあと、カレンダーを見ながらつぶやいた。バレンタインなんて、いままで無縁の生活だった。就職してから、雄也さんと毅くん、大井さんにちょっとしたプレゼントを渡すくらいで。

チョコレートは、柊梧さんはあんまりかも。甘いものはそんなにって感じだし、それなら甘さ控えめのクッキーなんてどうだろう。

喜んでくれるかな。

笑顔の柊梧さんを思い浮かべると、自然と心臓が跳ねてしまう。

「色々と考えてみようかな」

そうひとりごちながら窓の外に目をやる。ガラスの向こうは二月の曇天で、少し気圧も下がっているようだった。

雨か、横須賀ではめったに降らないけれど雪でも降り出しそうな気配だ。

「それにしても、お年始の挨拶、よかったのかなあ」

ぽつりとつぶやき、棚に飾ってある写真を視界に入れる。

柊梧さんは意外と写真なんかを飾るのが好きなのか、結婚式や新婚旅行の写真、それにハワイで買った小物まで棚に鎮座していた。その横につい先月、お正月に一緒に撮った初詣の写真なんかが飾ってある。お年始はさすがに天城家やいちおうは私の実家である高尾家にご挨拶にいくべきかと思っていたのだけれど、柊梧さんが『正月くらいゆっくり過ごそう』と言ってくれて、結局そうなったのだった。

ふたりきりで過ごす年末年始は、思った以上に楽しかった。

柊梧さんとお雑煮を作り、初詣をし、ゆっくりと過ごした。

……と、そんな思い出にひたっていると、インターフォンが鳴る。

なにか荷物でも頼んでいたかな？

そう思いながら受信機の画面を見て、思わず身体を強張らせた。

「……お義母さん」

通話ボタンの上で指がさまよう。なんの用事だろう。妊娠したことは伝えていないけれど……雄也さん経由で知って、なにか言いに来たのかもしれない。

お義母さんの背後には愛菜さんも見えた。ふたりを追い返すわけにもいかないのだし。迷っていてもしかたない。

「はい」

インターフォンに出ると、高圧的に家に上げるように指示される。いきなり訪ねてこられた意図がまったくわからず、緊張しながらもマンションのエントランスを開錠し、ふたりを招き入れた。

「へえ、悪くないわね」

部屋に上がるなり、愛菜さんはうろうろと部屋を歩き回る。

「なにこれー。写真？　わざわざ飾って、はしゃいじゃってバカみたい。ていうかなにこの派手なアロハシャツ。ハワイでアロハって、ベタすぎ。どうせあんたが強要したんでしょ。イケメンと結婚したからって調子のりすぎ。柊悟さんも嫌だったでしょうに、政略結婚だから気を使ってくれているのね」

「あの……？」

混乱している私をよそに、お義母さんと愛菜さんが勝手に家の中を物色し始めて目を丸くした。

「あの、その、お義母さん、愛菜さん。申し訳ないんですけれど、柊梧さんの荷物もあるので……」

遠回しに「触らないでほしい」と伝えてみたところ、愛菜さんがきょとんとして首を傾げた。

「え、なんで？　あたし住むのに」

「え？」

ぽかんと首を傾げた。愛菜さんは目を細めくすくす笑いながらソファに座る。

「交代しようと思って」

「なにを……ですか？」

「だから、柊梧さんのお嫁さん」

私は声も出せずに立ち尽くす。

ぼうぜんとしている私に、お義母さんが呆れたように口を開く。

「あなたたち、政略結婚でしょう？　別に愛菜と交代したって別にいいじゃない。愛菜がね、柊梧さんのことを気に入って。天城会病院との交渉に時間がかかってしまっていたの」

私は……私は、生まれて初めて、お義母さんにゆるゆると首を振って拒否を示す。

だって、赤ちゃんはどうするの。

ううん違う、私、柊梧さんの家族でいたい。

初めての温かさをくれた、唯一の人。

「嫌、です。嫌」

私の初めての抵抗。それがお義母さんにとって意外だったようで、呆れたように眉を寄せられた。

「海雪。あなた、あたしたちに立てつける立場なの」

「で……でもっ」

嫌だ、嫌だ、とお腹の中でぐるぐると感情が渦巻いた。

柊梧さんから離れたくない。柊梧さんのそばにいたい。

「そうよそうよ。泥棒猫の、ふしだらな、薄汚い娘のくせに」

愛菜さんが立ち上がり、私のそばまでやってきて眉根を寄せ、いびつに笑う。

「薄汚れた血筋のあんたが、柊梧さんみたいな素敵な人と結婚できるなんて、一瞬でもいい夢を見られたんだから、いいじゃない」

「い、や……」

「いますぐ出て行ってよ。離婚届なんかは、こっちでやっといてあげるから。とりあえずあの離れに戻っておいて」

吐く息が震えた。

ひとりで過ごした、あの離れ。静かに、目立たぬようひそやかに過ごした、私の育った場所。

……柊梧さんの温かさを知ったいま、あそこで暮らすことは死ねと言われているも同然に思えた。

必死で首を振る。

「む、無理です」

「なにをわがままな。さっさと荷物をまとめなさい、海雪。あたしの言うことがきけないの」

「──聞く必要はない、海雪」

低く、少し掠れた聞きなれた声がリビングの入口から聞こえた。ばっと振り向けば、眉をきつくきつく寄せ険しい顔つきの柊梧さんが肩で息をしながら立っている。その肩には、小さな雪の粒がついていた。

ああ、雪が降りだしたのだ。

思考のどこかで、冷静にそんなことを考えた。

柊梧さんはつったたっているだけの私のところまで大股で歩いてきて、ぎゅうっと抱きしめてくれる。後頭部に大きな手のひらが回り、彼の肩口に押しつけられるように撫でられる。

「あの、柊梧さん。その子に触らないほうがいいですよ」

優しい猫撫で声でお義母さんが言う。

「それはね、夫の愛人の子なんです。本当に娘かも疑わしいわ、ふしだらな、泥棒猫の、男を誑し込むしか能のない……」

「黙れ」

柊梧さんは地を這う声で言って、お義母さんを睨みつけた。

「俺の妻を愚弄《ぐろう》するな」

「あのう、柊梧さん」

さっと話に入り込んできたのは愛菜さんだった。

「兄から聞いてませんかあ？　あたしが今日から、あなたの奥さんなんですけど？」

「聞いた」

その答えに、びくっと肩を揺らす。その肩を、柊梧さんは大きな手のひらで撫でてくれた。

心配ないと、ここにいていいのだと、そう告げるように。

「だからこそ戻ってきた。高尾から連絡をもらった瞬間、腸が煮え繰り返るかと思った」

見たことのない、怒りに満ちた表情で柊梧さんは愛菜さんを睨みつける。

「俺の妻は生涯、海雪だけだ。生まれて初めて、愛した女性なんだからな」

「……柊梧さ、ん？」

ぐっ、と彼の腕の力が強くなり、胸の中が安心で満たされると同時に、心臓が飛び跳ねてしまいそうなほど高鳴ってしまう。

いま、『生まれて初めて、愛した女性』と、そう言ってくれた？

あの時……初めて『愛してる』と言われた時は、家族としての愛だと思っていた。子どもができたからだって。けれど、今の言い方は妻として……ううん、女性として愛していると、そういう意味……だよ、ね？

彼からむけられるはずがないと思っていた感情。男女としての、恋情を……向けてくれている？　きっと結婚してから……私が彼に惹かれたように、彼もまた私に惹かれてくれていたんだ。

泣きそうなほど、苦しくてしかたないほど、うれしい。

「愛しただなんて。あなたたちは政略結婚でしょう？」

お義母さんはそう言って続けた。

「その子の代わりに、本妻であるあたしの娘をやると言っているのよ。なんの不満があるの」

「政略結婚」

柊梧さんは皮肉げに笑うと、「そんなものしてない」と言い放つ。

「結婚してすぐに、俺は実家と縁を切っている。政略結婚したいのなら、俺の兄にでも当たってくれ」

「え？」

きょとんとするお義母さんだったけれど、不思議なのは私もだった。

縁を切っている……って。

でもすぐに理由を思いついた。そうだ、当初、この結婚は彼にとって実家から自由になるためのもの。縁切りまでするとは思っていなかったけれど、きっと最初からそ

きっぱりとした声が響く。

ひとり納得している私の頭の上で、きっぱりとした声が響く。

「いますぐに出て行け」

目線で玄関を示し、彼はお義母さんたちに言う。なおも「でも」と言いかけた愛菜さんに、柊梧さんは眉を吊り上げた。

「警察を呼ばれる前に出て行けと言っているんだ！」

びくりとお義母さんと愛菜さんは顔を見合わせ、それからチラッと私を睨みつけて出て行く。

リビングのドアをくぐりながら、愛菜さんは私をふりむきざまに「やっぱり」と笑う。

「やっぱりあんた、男をたらし込む才能はあるみたいね」

「貴様」

先に反応したのは柊梧さんだった。愛菜さんはフッと口の端を上げる。

「柊梧さん。あのですねえ、その女がふしだらなビッチだって、男と見ればすぐにでも色目を使うような女なんだって、すぐにわかりますよ。本性を知ってから後悔するのはあなたなんだから」

「……早く出ていけ。このまま居座るようなら、怒りでなにをするか自分でもわからない」

柊梧さんが低く言う。愛菜さんはさすがに目をむいて、慌てて部屋を出て行った。

玄関のドアが閉まる音がして、へなへなと膝から力が抜ける。

「海雪っ」

柊梧さんが血相を変えて私を抱き上げ、ソファに座らせる。

「大丈夫か？　くそ、すまない……酷い目に遭わせてしまった」

自らもソファに座り、柊梧さんは私をまた抱きしめる。

「海雪、海雪……愛してる、なにも心配するな」

「柊梧さん、一体……なにが」

混乱しながら彼を見上げると、彼は眉を寄せつつゆっくりと私の背中を撫でる。

「病院に着いてすぐに、高尾から連絡が来た。母親と妹が暴走したから、海雪のところへ戻ってくれと」

「暴走って……」

さっきのことだろう。柊梧さんの妻には自分がなる、と言い切った愛菜さん。私に柊梧さんはふさわしくないから、自分が代わってあげると……。

柊梧さんは迷惑そうに前髪をかき上げた。

「なにをどう考えたか、思考回路が俺とは違いすぎて理解はできないのだけれど、高尾愛菜は俺と結婚したいと思い始めたらしい。それで君と交代するなんてふざけたことを言い出した……と、高尾が泡を食って連絡を寄越して。全力で戻ってきたんだが、遅くなった」

そう言って、なにも悪くないのに彼は謝る。

「すまなかった。不安だっただろ」

「……、っ」

あなたは悪くない、謝らないでと言いたいのに口が動いてくれない。代わりにできたのは、頼れる夫にただしがみつくことくらいだ。

「海雪、愛してる……」

宥めるように彼はなんどもそう繰り返す。安堵しすぎた私は、ぽろぽろと泣き出してしまう。

「大丈夫、大丈夫だ海雪」

そう言ってから少し遠慮がちに彼は続けた。

「君さえよければ、早めに引っ越そうと思う」

引っ越し？

「どういう……」

「役所には手を回して、勝手に届けなんかは出されないようにしていたが……この家を知られてしまった。引っ越しをしよう。それに……もう君は俺の妻、天城海雪なんだ。もう高尾家に縛られる必要はない」

その言葉に息を呑む。そんな私に、柊梧さんは続けた。

「……つまり、もう高尾家と縁を切ってもいいんだ」

「え……？」

私は泣いているのも忘れ、ぼうぜんと瞬きをした。高尾の家と、縁を切る？ でも、そんなことをすれば、柊梧さんは……実家から自由になるために〝高尾家の娘〟である私と結婚したはず。

これは、そういう約束のもとに結ばれた結婚。私が役に立てないのならば、彼は私と婚姻関係を続ける意味がない。高尾家の娘でなければ、私は彼にとってなんの価値もないはずなのだ。なのに、縁を切る？

混乱し続ける私に、柊梧さんは口を開く。

「君はもう高尾海雪じゃない。天城海雪なんだ」

涙でぐしゃぐしゃだろう顔のまま首を傾げると、柊梧さんは優しく目元を緩め、私の頬を撫でてくれる。

「もう、高尾の家のためだとかなんだとか、そんなことを考えるのはやめてくれ」

私はひゅうっと息を吸う。

「けれど、私は、高尾の家の皆様に、贖罪するために生きてきました。さっき義母が言っていましたが、私は……父の婚外子です」

告げる声は震えたけれど、必死で説明する。

「母がやってしまったことは最低なことです。他人の家庭を壊すような、そんな……ことを……」

だから政略結婚をしたのだ。

そのために育てられたから。

ただ、その政略結婚は、私にとってとても甘く、幸せなものだったけれど。

「海雪」

柊梧さんはそっと私をたしなめるように名前を呼んだ。

「最初から、知っていた」

「え」

「高尾から聞いていた。でもそんなの関係ない。君が償う必要のない罪だ」

「そんな……そんな、ことは」

そんなはずは。

そのために生きてきた私は。

力を抜いて柊梧さんにもたれかかる私に彼は言い聞かせるように、優しい口調で続ける。

「最初から、あの家は壊れていた。あの夫婦は愛し合ったことなど一度もないし、君の義母は常に自分の欲望のために生きてる。妹は母親そっくりで……高尾がどうしてああまともに育ったのか、わかるか？」

ゆるゆると首を振る私に、柊梧さんは微笑む。

「君だよ」

「……私？」

「まっすぐで、どこまでも優しい君を見てきたから。だから高尾は、あいつだけはまともな人間になれたんだ」

「そんな。私なんて」

「君はそれくらいすごい人なんだ。卑下しないでくれ」

「柊梧さん……」

彼の名前を呼びながら、私は半泣きになる。

「でも、でも……私から高尾の家のためになる、という目的がなくなると、私はどうやって生きていけばいいのかわかりません」

目的というよりは、根幹だ。

そのために生きてきた。贖うために育てられた。そのために、そのためだけに……。なのにそれをしなくていいだなんて、これからどうやって生きていけばいいの。

「なら」

柊梧さんは微かに息を呑み、それから続けた。

「それなら、俺のために生きてくれないか」

「……柊梧さん、の？」

目を瞬く。零れた涙は、彼の親指が拭ってくれる。

「そうだ。俺の。……かわりに、俺は君のために生きるから」

驚き、開きかけた唇を彼の指が押す。

「実は、結婚するよりも前から、君を愛してた」

「……え？」

思ってもいなかった言葉にまじまじと彼を見つめてしまう。柊梧さんは優しく微笑む。

「覚えてないだろうか。俺が辛かったとき、君はただそばにいてくれた」

「あ……覚えて、います……」

晴れた陽射しの下、空を見上げる柊梧さんが、なんだか消えてしまいそうな気がした。それで、邪魔だろうかと不安になりつつも、しばらく横にいた。どんな言葉もふさわしくない気がして、ただそこにいるだけだったけれど。呼び出しの音を聞いた彼の目に生気が戻ったのを見て安心したことを、よく覚えている。

「あのときに、君に惹かれ始めた。……高尾にはな、バレバレだったんだ」

私は目を丸くし「雄也さんに？」と首を傾げた。

「そうだ。気が付いてなかったか？　君に会いたくて、わざわざ高尾の執務室に通っていたこと」

「そんな……そもそも、私のことなんて、ちゃんと認識されているかもわからないと思っていました」

「好きすぎてどうアプローチしたらいいかもわからなかったんだ」

眉を下げて、少年のように苦笑する柊梧さんの表情は、初めて見るものだった。

「そんな俺に、高尾が提案してきたのが君との政略結婚だ。もっとも、俺としてはそんなつもりはなかった。最初から君を俺の手で幸せにしたいと話を呑んだ」

あまりのことに、驚きで息を呑む。

「俺が、家族と折り合いが悪いのは知っていただろ？　あのときも言った通り、俺は高校卒業とともに反対されながらも防医に入った。そのときすでに、俺は家から勘当されていたんだ。君と結婚するためだけに、一時的に家と復縁していたにすぎない。披露宴のあと、すぐにまた絶縁した」

目をこれでもかと丸くしてしまう。衝撃でうまく疑問さえ口にできない私に、柊梧さんは優しく笑った。

「海自を選んだのも、万が一天城の家から連絡があっても無視できるからだ。海に出ていたと言えば、それでいいから。それで……俺は、君が俺を男として意識していないのは重々承知で君と結婚した。いつか、いつか君が」

彼の手が、背中を優しく撫でる。愛おしいと口で告げられるより、よほどはっきりと感情を伝えられている気がした。

「いつか君が、俺に恋してはくれないかって」

「——……！」

ぱっと顔を上げる。柊梧さんは微笑み、頬にキスを落とした。

「愛してる、海雪。すまない、最初からちゃんと説明しておけばよかったのに」

「で、でも、柊梧さん、最初はとってもそっけなくて……」

「照れていたんだ」

「照れて……？」

思わず聞き返す。目を瞬く私に、柊梧さんは耳を少し赤くして言った。

「好きな女性に素直になれなかっただけだ。……笑ってくれていい。子どもができたから愛し始めたんじゃない。最愛の女性が俺の子を宿してくれている奇跡が嬉しくて幸福でたまらなくて、ようやく感情を素直に表せただけなんだ」

そう告げてから、恐る恐るといった様子で私の顔を覗き込む。

どうしても直視できない。喉元まで湧き上がってくる強大な感情に涙が滲みそうになる。

「海雪」

彼はそう呼んで、顔を隠そうとしていた私の手首を掴む。じっと目をみつめられ、逸らせないまま彼の言葉を聞く。

「愛してる。どうか、俺と恋をしてくれないか」

胸がいっぱいでなにも言えない私に、彼はひとつ息を吸って、まっすぐに私を見て続けた。

「ずっと、海雪に男として俺を愛してほしいと、そう願っていた。家族として、ではなくて」

「あ……」

「いますぐに好きになってくれとは言わない。ただ、海雪」

柊梧さんは私の左手を取り、結婚指輪の上にキスを落とした。

「必ず俺に惚れさせてみせる」

そう言う彼の、力強く真摯な瞳をただ見つめた。胸が震える。目の奥が熱い。再びぽろりと涙を零す私の目元を、彼の指が優しく拭う。

「海雪、すまない。色々と、勝手に……」

「っ、違う、違うんです」

私はぶんぶんと首をふり、彼にしがみついた。

「海雪？」

「っ、私も好き、好きです、愛してます……！」

柊梧さんが息を呑んだのがわかる。次の瞬間には、強く抱きすくめられていた。

「嘘だろ……」

呆然とした声が微かに震えていた。

「ほ、本当です。私、ちゃんと」

「海雪……っ、もう一度、言ってくれるか」

「あ、愛してます」

「……夢みたいだ」

柊梧さんは掠れた声でそう言って、深く深く息を吐いた。

「一生かけて幸せにする。……いや」

柊梧さんは私の顔を覗き込み、両手で頬を包む。

「一緒に幸せになってくれないか？　……俺はもう、死ぬほど幸せだけれど」

「私も」

その先は、涙にぬれてちゃんとした言葉にならない。

そんな私を、柊梧さんは抱きしめなおして優しくなんども背中を撫でてくれた。

彼の言う通り幸せになろう。彼のために生きよう。一緒に幸せになろう。だって私は、もう彼の妻なのだ。柊梧さんと一緒に幸せになりたい。してもらうだけじゃなくて、彼を幸せにしたい。

もういちど呟いた心からの言葉に、柊梧さんは本当に幸せそうに笑った。

「愛してます」

柊梧さんはあっという間に新居を手配してくれた。横須賀市内の一等地にある瀟洒な洋館だ。なんでも、基本的には米軍の高級将校向けに貸し出している家らしい。白い、少しレトロな雰囲気のする二階建ての家だった。芝生の敷かれた庭も広々としていて、私は自然とこの庭で遊ぶ小さな子どもを夢想する。もっとも、子どもが走り回れるようになる前に、彼は転勤があるのだけれど。

隣近所もそんなタイプのお宅が多く、自然とセキュリティもしっかりとしていた。お隣の米軍将校の五十代半ばほどの奥様はとても面倒見がよく、まだそこまで目立たない私のお腹のふくらみを目ざとく見つけて『ワオ、赤ちゃんの面倒なら任せて』とさっそく張り切ってくれていた。小さいころから勉強させられていた英会話、厳しい先生だったため実はちょっと苦手意識があったのだけれど、きちんと通じたし発音も褒められて嬉しかった。それに、この奥様、少し雰囲気が大井さんに似ていてホッとする。

「ここなら大丈夫だ。万が一あいつらが来たら米軍の憲兵に不審者として突き出してやる」

憲兵とは米軍の警察のような組織らしい。険しい目つきで言う柊梧さんの発言は、はたして冗談なのか本気なのか判別がつかなかった。

新しい家には、どんどん赤ちゃんのものが増えていく。それと同じように、私のお腹も大きくなっていく。

ぽこぽこ、うにょうにょとお腹の中で動き回る赤ちゃんに、日ごとに愛情が増していく。かわいくてしかたない。

柊梧さんも同様なようで、いってきますもただいまも、私を抱きしめたあと必ずお腹を撫でた。

お腹の赤ちゃんは、男の子らしい。

私はベビーベッドが主役のように置かれたリビングで、広い庭に咲き誇るミモザを眺めた。ふわふわの黄色い花は、春の訪れを優しく告げてくれている。春になったばかりの陽射しが、ぽかぽかと大きな窓からリビングを暖めてくれていた。

ソファでのんびりと赤ちゃんのスタイを手縫いしていると、なんとも言えない気分になってくる。穏やかで、少しだけ眠い。まどろみそうになっている私を、優しく低い声が呼ぶ。

「海雪、針を持ったまま寝ると危ないぞ」

そう言って彼は、柊梧さんは私の横に座り、そっと手から針をとる。その指先の優しさが、慈しみが、温かくてたまらない。

「ありがとうございます」

お礼を言うと、頭を撫でられた。

「少し寝るか？　……これ、いいな」

柊梧さんはスタイを手に取りまじまじと見つめ目を細める。

「アロハシャツをイメージしたんです」

スタイの色は、海のような紺碧。そこにハワイをイメージさせる花々を赤で刺繍していた。

柊梧さんは嬉しげに頬を綻ばせ、大きくなりつつあるお腹を撫でた。

「よかったなあ、きっと似合うぞ」

お腹の赤ちゃんにも優しく話しかけてくれるのがどうにも嬉しくてくすぐったくて、私はいつも小さく笑ってしまうのだ。

「またハワイに行こう。今度は三人で」

優しくお腹を撫でながら言われ、私は胸がきゅうっと切なくなってしまう。喜びとうれしさが入り交じって、それがどうしてか切なさに似てしまうのだ。

「海雪、愛してる」

そう言って彼は私のこめかみにキスを落とす。甘えて擦り寄れば、キスが唇に降ってきた。

引き寄せられ、彼の膝の上に乗り上げるようにしてキスが深くなる。擦り合わされる舌がじん……と痺れたような気分になって、そこで私はハッとして目を瞬いた。

「ん、……ぁ、柊梧さん。あの」

「なんだ？」

ぺろっと私の唇を舐める仕草に胸を高ならせつつ、私はソファの隅っこに置いてあった紙袋に手を伸ばす。

ひょい、と柊梧さんが代わりにそれを取ってくれて、私の膝に置いた。

「ありがとうございます。……あの、これ。一か月遅れですけど」

私は紙袋から小さな包みを取り出した。

「一か月遅れ？」

「バレンタイン……引っ越しだなんだで、プレゼントしそびれていたので」

取り出したのは、甘さ控えめのクッキーだ。

この家には、ビルトインタイプの上質な家電が多く備わっていた。米軍高級将校向けの家だからだろう。

そのうちのひとつ、大型のオーブンで、昨日柊梧さんがお仕事に行っている間に焼いておいたのだ。

「お口に合うか……しゅ、柊梧さん？」

柊梧さんはなんだかぼうぜんとしていた。それからうれしそうに、本当にうれしそうに私を抱きしめる。

「どうしたんですか」

「幸せすぎて頭がふわふわしていたんだ。かわいい奥さんから手作りクッキーをもらえるなんて、うれしくておかしくなりそうだ」

「大袈裟《おおげさ》ですよ」

「そんなことない」

とても真剣な様子でそう言って、柊梧さんはそのまま味わうように、ゆっくりゆっくりとクッキーを口にした。

「うまい」とか「おいしい」とかを何回言われたかわからない。

くすぐったくて、とても居心地のいい時間だった。

柊梧さんが医官としての研修のため、一週間ほど病院に勤務することになったのは、それからほどなくのことだった。帰宅時間もかなりまちまちになる。

「セキュリティは前の家よりも強化してあるけれど、なにかあればすぐに俺と高尾に連絡するように」

そう言い残し、とにかく心配でたまらないという様子で柊梧さんは家を出た。

その日のうちに雄也さんから連絡があり、心配であれば横浜市内のホテルに身を寄せるようにと言われた。

「このところは、おとなしくしているみたいなのだけれど。本当にごめんね、僕からもよくよく言っておくから」

うちに様子を見にきてくれた雄也さんが、申し訳なさそうに肩を落とす。

「いえ」

そう言って首を横に振ると、雄也さんは「そうだ」とカバンから小さな包みを取り出した。

「これ、父さんの書斎で見つけた」

「お父さんの？」

受け取って布でできた包みを開くと、中に入っていたのは古い母子手帳と一冊のノートだった。

母子手帳の表紙に書かれた名前を見て、目を見開いた。

「これ……って」

「君と、君のお母さんの母子手帳と、育児ノートだよ」

雄也さんは眉を下げた。

「父さんがどんな気持ちでこれを取っておいたのか、それはわからないけれど……あの人のことだから、興味がなくて忘れていただけだろう。ただ、君が持っておくべきものだと思って」

「あ、ありがとうございます」

お礼を言いながら、少し戸惑う。

顔さえ覚えていない、本当のお母さん……。

「それから、これも」

少し声を明るくして、雄也さんはもうひとつ、包みをくれた。

「これはね、僕から。つい買ってしまって」

「なんですか？」

開けてみて、と微笑まれて見てみれば、布製の赤ちゃん用のおもちゃだった。シロクマを模してあり、振るとかろんかろんとかわいらしく音が鳴る。

「わあ、かわいい！　ありがとうございます」

「遊べるのはまだ先だろうし、気が早かったかな？」

「ふふ、柊梧さんもそう言いながら色々と買ってきてくれます」

「だろうね。きっと子煩悩になるよ」

「そう思います」

答えつつ、棚に飾られた写真を見る。新居でも柊梧さんはたくさん写真を飾ってくれるから……。

新婚旅行や結婚式の写真に、もうすぐ生まれる赤ちゃんの写真がたくさん加わるのは間違いなかった。

「楽しみです」

そう呟く私に、雄也さんは優しそうな微笑みを向けてくれていた。

雄也さんが帰宅してから、私はそっと母子手帳を開いてみた。

丁寧に書かれた妊娠の記録をつい目で追う。これが、お母さんの字……。優しい字だと思った。繊細で、丁寧に止めはねされた字だ。

『おなかに来てくれてありがとう、赤ちゃん』

『つわりでしょうか、とても眠いです』

『赤ちゃんは女の子でした。いまからお洋服を揃えるのが楽しみです』

『元気に生まれてくれました！　なんてかわいいんでしょう』

挟まれていた写真が、ひらりと床に落ちる。慌てて拾い上げ、私はそのまま固まった。

「お母さん……」

私とそっくりの女性が、幸福そうに赤ん坊を抱いている。病室だろう、白いベッドの上だ。この赤ちゃんが、私。

「ちっちゃいな……」

呟きながら、お腹に触れた。元気な胎動を感じた。赤ちゃんも、生まれるときはきっとこれくらい小さい。

『生まれてきてくれてありがとう、海雪。大好き、大好きよ。私のかわいい海雪』

ぽろっと涙が零れた。

私、ちゃんと愛されていたの？　望まれて生まれてきていたの？

ひとり、うずくまるように泣いていた私の背中を、大きな手のひらが撫でる。

「海雪？　どうした？　どこか痛むのか……っ」

焦燥《しょうそう》をその端整な顔一面に浮かべ、柊梧さんが私の顔を覗き込む。

いつのまにか帰宅していたらしい。少し薄暗いリビングで、私はゆるゆると首を振る。

「違うんです……私も、赤ちゃんも元気」

「ならどうして」

私は母子手帳と、育児ノートのことを説明する。

柊梧さんは納得して私の横に座り、育児ノートを手に「見てもいいか？」と聞いてくる。頷くと、丁寧な手つきで彼はノートを開く。

私も横でそれを覗き込み、「あ」と小さく呟いた。

『赤ちゃんの名前は、海雪に決めました。マリンスノーの海雪です。妊娠中、水族館で展示されているのをみたとき、初めてお腹でぽこぽこと動いてくれたの』

やっぱり、この名前、お母さんがつけてくれたんだ。

「マリンスノー……って」

「海に潜るとみられる、海中を雪のように降ってくる、小さな粒で……炭酸カルシウムや、有機物、それからオパールの粒なんかも含まれているそうだ」

「オパール」

そう繰り返しながら、そっと想像する。

深い濃藍の海のなかに、ゆっくりと降り積もるきらきらした雪の粒を。

「素敵ですね」

「……ずっと、いい名前だと思っていたんだ」

優しい声の雰囲気に、私は彼を見上げて首を傾げる。

「もしかして、お見合いのとき、名前の由来を聞いてくださったのって……それを伝えたかったんですか」

柊梧さんは「む」と眉を寄せて、でも頬が少し赤い。

あまりにかわいらしくて、肩を揺らしてくすくす笑ってしまう。そんな私を見て、彼もまた笑った。

幸せだと、心の底から思う。

幸福が降り積もっていく。まるで海に降り積もるマリンスノーみたいに。

ところが、その数日後。

知られていなかったはずのこの家に、お義母さんと愛菜さんが訪ねてきたのだ。

玄関を開けなかったところ、庭に回って大騒ぎをされ、やむなくリビングに入ってもらった。お隣の米軍将校の奥様、フォックス夫人が心配そうな顔をして庭に出てきてくれたから、慌てて頭を下げる。

「まったく、何様のつもりよ」

そう言ってお義母さんは苛ついた様子で庭から直接、ハイヒールのまま家に入ってきた。愛菜さんも続く。

様子が変だ。

いつも私に対する侮蔑を隠さない人たちではあった。それは実母や、私の生まれのせいもあっただろうからと受け入れてきた。

けれど、でも……と逡巡しながらふたりを見つめる。

いつもふたりにある、自信……のようなものが、ないように思えた。

焦っているような、そんな雰囲気。

いままで彼女たちから蔑まれ嘲られ無視されてきたけれど、でも直接的になにかされたことはなかった。でも、今日の雰囲気は……。明らかに攻撃的な雰囲気に、背中がひんやりとする。

お腹のなかで赤ちゃんが動く。この子を、守らないと。

私は掃き出し窓を閉めるのを途中でやめた。場違いなほどあったかい春の風が室内に吹き込み、レースのカーテンが揺れた。

「柊梧さん……」

震える手で電話をかけてみるも、繋がらない。手術中かもしれない。彼のアドバイス通り雄也さんにメッセージを送る。

「なにをコソコソしているの？」

愛菜さんはソファに座り、きょろきょろと室内を眺めながら言う。私はひとつ息を吸い、「あの」となんとか口にした。視界の隅には開け放たれたままの窓がある。

「一体、どういう……ご用事でしょうか？」

「その赤ん坊のことよ！」

愛菜さんは私のお腹を指差しながら哄笑する。

「さすが、泥棒猫の娘ね。ふしだらで嫌になる」

明らかに見下した口調で言われ、小さく唇を噛みつつ首を微かに横に傾げた。一体、なんの話を？

そんな私にお義母さんが続ける。

「いい加減、言うことを聞きなさい、海雪。いまならお金も融通してあげるから柊梧さんと別れるのよ」

「嫌です」

私はお腹に触れながら、きっぱりと口にする。

彼に取って、唯一の家族なのだ。

そしてなにより、この子のお母さんなんだ。

こっそりと庭の様子をうかがう。お隣の奥様が、心配そうにしながらスマホでどこかと通話しているのがわかった。

いざとなったら、あそこまで逃げればいい。

「絶対に別れません」

「……あーら。強気」

そう言いながら、愛菜さんは嬉しげに口を歪めた。

「そのお腹にいる赤ん坊、柊梧さんの子どもじゃないってこと、あたしたちが知らないとでも思ってるの？」

思ってもない発言に、身体が固まる。……柊梧さんの子どもじゃない？

「どういう……」

「あはは！　焦ってる、焦ってる！」

私を指差し、愛菜さんが笑った。その横に座りつつ、お義母さんは「もう遅いわ！」と高らかに宣言する。

「そろそろ、柊梧さんも見ているころよ！　あなたの不義の証拠をね！」

# 【四章】波乱と不安と、幸福と（ｓｉｄｅ柊梧）

海雪が俺に恋をしてくれた。信頼に満ちた瞳で名前を呼ばれるたびに、そして愛してると伝えられるたびに湧き上がる歓喜は、生まれてきてよかったと強く思わせてくれる。

お腹の赤ん坊は順調に成長していて、その子のために海雪がスタイやおくるみを手作りしているのを眺めるのが、目下の楽しみだ。ときおり目が合うと、海雪が微笑んでくれる。

幸せだと伝えられているようで——俺はそのたびに決意を新たにする。必ず彼女と、生まれてくる赤ん坊を幸せにしてみせる。

そんなふうに過ごしていたある日、緊急手術直後に、慌てふためいた高尾から手術室に直接連絡が入る。手術室を飛び出てスマホを確認すれば、海雪からの着信と、高尾の母親から不穏なメールが届いているのに気が付いた。海雪にすぐ折り返したが、空しくコール音が鳴るばかりだった。

高尾の母親が言いたいのは、こういうことらしかった。お腹の赤ん坊の父親は、大井毅である、と。

送られてきたメールに添付されていたのは、基地近くの公園で海雪と大井毅が笑い合いながらエコー写真を見ているところだった。一瞬嫉妬するけれど、それどころじゃない。だいたい、この日のことも高尾から【海雪の様子を見に行ったよ】と連絡を受けていた。

そして舐め切っているとしか思えないメールの文面。

ふざけた話だと、家の前で車を乗り捨てるように降りながら舌打ちした。

どうしてまた家を知られた？

いくつか考えが浮かんで、あの親子がそこまでする理由に思い至り唇を噛み締めた。

海雪はいつだって巻き込まれているだけだ。

「いい加減に不貞を認めなさいよ！」

ガラスを引っ掻くような、不快に上ずった声は高尾愛菜のものだ。室内の声が聞こえる？と玄関の手前で気が付き、芝生の庭を突っ切る。開け放たれていた窓から直接リビングに飛び込むと同時に聞こえたのは「私は柊梧さん以外の人に触れられたいとは思いません！」という海雪のきっぱりとした声だった。しゃんと伸びた小さな背中で、堂々と義母と妹と対峙している。俺は迷わずその背中を抱きしめた。

「すまない、海雪。また遅くなった」

「……！　柊梧さん」

振り向いた海雪の大きな瞳が、安心で潤む。けれどすぐに強い意志を宿し、高尾親子に視線を戻す。俺を見て高尾愛菜がニタリと笑った。

「柊梧さん。見てくださいました？　不貞の証拠……！」

本当に嬉しげに愛菜は言う。

「言ったとおりでしょう。その女は、ふしだらな、倫理観のかけらもない、母親そっくりのビッチだって！」

「そっくりそのままお返しする。腹の子は正真正銘、俺の子だ」

ふふん、と愛菜の母親が笑い、海雪に向けてスマホの画面を突きつけた。例の、大井毅にエコー写真を見せている場面だ。

「これがなによりの証拠よ。こっそり実の父親に赤ん坊の写真を見せていたわね」

「これ……って。違います、このとき雄也さんもいらっしゃいました」

「え？　お兄ちゃん？」

場にそぐわない間抜けな声を上げたのは愛菜だった。母親に視線を向けるも、母親は気が付いていないのか、似合わぬ派手な赤の引かれた唇を動かした。

「それだけじゃないわよ。いい？　あなたが妊娠したとき、柊梧さんはお仕事で海に出られていたんじゃなくって？」

「そ、そうよ」

愛菜がハッとしたように続ける。

「あんたが行っている病院の事務にこっそり出産予定日を教えてもらったら、六月だっていうじゃない。妊娠は十月十日よ。逆算したら、八月が妊娠した時期よね。柊梧さんは日本にいなかったと天城のご家族から聞いているわ！」

俺の腕のなかで、海雪が微かに息を吐いたのがわかった。彼女たちの言う〝証拠〟が実に薄弱なものだったから、安心したのだろう。夏の終わりは確かに、俺は米軍との国際協力で補給艦に乗っていた。

俺に彼女たちがメールしてきていた文面も、いま愛菜が言った内容と似たようなもの。

そしてこの家の住所が割れた理由もわかった。まさか病院関係者が……とは思うが、おそらくは金で転んだか。

呆れて言葉もでない……が、とりあえずは。

「……正確な妊娠週数の数え方をご存じないようで」

俺は淡々と言う。

「最後の月経があった日から二百八十日後が予定日だというのは、さすがにご存じでしたよね？」

高尾夫人は一瞬で目を逸らす。

「え？」

首を傾げたのは、まだ妊娠の知識がないのであろう愛菜だった。俺は続ける。

「つまり、妊娠期間なのに、生理一日目が妊娠ゼロ日」

「え？　妊娠してないじゃない。それに……二百八十日？　九か月と少しということ？　ってことは、妊娠したのって秋くらいなの？　そんな」

愛菜が眉をひそめて言う。納得できないと言わんばかりの口ぶりだ。

「そういう数え方だ」

詳しく解説をしてやる気も起きず、目線で「出て行け」と促す。愛菜が「でも」と自らの母親を見て、その母親がさっと目を逸らしたのを見て眉を吊り上げた。

さすがにふたり産んでいるだけあって、そのあたりはわかっていたらしい。ただ、どうして医師である俺を騙せると思ったのかは理解に苦しむ。

「お、お母さん？　どういうこと、海雪は絶対に不倫してる、証拠もあるって言ったのお母さんじゃん。そんなに好きなら、あたしを柊梧さんのお嫁さんにしてあげるって！」

「あ、あるわよ。大井の息子と、海雪は仲がいいもの。絶対にふしだらな関係に決まってる……この写真のときに雄也がいたっていう証拠だってないじゃない」

高尾夫人の言葉に、海雪が微かに息を呑み、それから「私は」とはっきりと口にした。

「私は、柊梧さんの妻です。それなのにそんな不貞、働くわけがありません……っ」

そうして、勇気を振り絞るような声で続けた。

「私は、柊梧さんを愛してるんです！」

こんなときなのに、海雪の言葉は胸に沁みるように嬉しかった。抱きしめる手に力をこめ、高尾親子を睨みつける。

「あなたたちには俺たち家族の邪魔はできません」

「母さん、愛菜。いい加減にしてくれ」

リビングの扉から聞こえたのは、高尾の声だった。

「本当に……いい加減に……」

「お、お兄ちゃん」

愛菜が慌てたように声を上げる。

「違うの！　だって海雪が柊梧さんを騙して、他の男の子どもを産もうとしているから」

「そんなこと、海雪がするはずがないだろ……!?　どうしてそんなこともわからないんだ」

そう言って目線を逸らし、続ける。

「自分たちがすぐに男と寝るからと、他人までそんなことをしているなんて思い込むのはやめてくれ」

「ゆ、雄也！」

血相を変えたのは高尾夫人だった。

「あなた、一体なにを」

「僕がなにも知らないとでも思っているの？　母さんが夜な夜な出歩いてなにをしているのか」

ぐっと押し黙り、視線を泳がせる。

それを視界におさめつつ、俺は口を開いた。

「俺の親族にでも頼まれたのか。俺を天城会病院に引き戻せば借金を肩代わりしてや

ると でも?」

びくりと肩を揺らす高尾夫人を見て、どうやら当たりかと肩をすくめた。愛菜と俺を結婚させることにより、俺を天城会病院に引き戻す。長兄か次兄か知らないが、後継者争いが激化していると聞くから、どちらかが俺を自分の陣営に引き摺り込むために画策したのだろう。

鼻で笑った。

「二度と戻ってやるものか、あんな拝金主義者の巣窟《そうくつ》に」

真っ赤な唇を噛む高尾夫人を見て、愛菜が愕然と目を見開く。

「ど、どういうこと? 借金だなんて……お母さん。お母さん、言ったじゃない。柊梧さんに本当にふさわしいのはあなたよって」

「君は知らなかったのか? 君の母親はホストに貢ぐために高尾病院の金を横領していたばかりか、それでも足りずに多方面に借金を抱えている」

「う、嘘」

愛菜がよろけ、ソファに座る。俺はムッとして眉を上げた。海雪の気に入っている座り心地のいいソファだ。

「勝手に座るな」

俺の言葉に、愛菜は目を見開き傷ついたような顔をする。

ずっと傷ついていたのは海雪のほうなのに。

一方で海雪はおろおろと「愛菜さん」と呟いた。心配しているのか、と今度は驚きで眉を上げる。

どうしてそんなに、寛容でいられるのだろう。……そんな彼女を、愛しているのだけれど。

「母さん、愛菜、帰ろう。……信じられない、土足で他人の家に上がり込むなんて」

愛菜を無理やり立ち上がらせ、高尾が声を震わせた。

「本当に、情けない……行こう、ふたりとも」

「い、嫌よ」

高尾夫人は取り乱した様子で首を振る。

「ね、ねえ。柊梧さんもよく考えて。愛菜と結婚をして天城会病院に戻れば、いまよりいい生活ができるわ。そ、そうよ。高尾病院の本院の、院長にだっていずれはっ」

「興味がない。特段出世欲もない。あったら医官なんかしていない」

「そんな」

眉を寄せ目を眇めそう言い放ってみれば、愛菜の顔がみるみるうちに絶望に染まった。

いままで一度も思い通りにならなかったことがない世間知らずのお嬢様は、きっとこれから味わったことのない苦労を重ねるはずだ。おそらく借金は高尾夫人個人ではどうしようもない額まで膨らんでいるのだろうし、夫である高尾院長は彼女たちを助ける気は毛頭ないのだろう。

この親子のこれからにこれっぽっちも興味がない俺の腕の中で、海雪が小さく小さく、安心したように息を吐いた。緊張していたのか。

ここにいてくれと、そんな思いを込めて頭にキスを落とす。

と、窓の向こうからサイレンが聞こえてきた。パトカーの走行音だ。

同時に隣家の米軍将校夫人が窓から飛び込んでくる。

『警察を呼んだわ！　ミユキ、大丈夫？』

『フォックス夫人』

海雪が目を丸くする。その海雪を庇うようにフォックス夫人は俺たちの前に立つ。いつのまにこんなにかわいがられるようになっていたんだろう。

続いて飛び込んできたのは制服姿の警察官だった。庭でも無線で連絡をとっているのが見える。

『あたし見ていたのよ！　このふたりが、庭から無理やりにミユキの家に侵入したの』

　夫人が高尾夫人と愛菜を指さす。警官は頷き「なにをしているのですか」とやや語気を強めてふたりに近づいた。

「無理やりこの家に立ち入ったと通報がありましたが」

「なにを！　あたしはこの女の母親よ」

　きいきいわめく高尾夫人の言葉に、警官が「母親？」と眉をひそめる。

「そうよ」

『そんなはずないわ！　あんなに威圧的にヒステリックに騒いで押し入ったくせに』

　フォックス夫人と高尾夫人が睨み合う。フォックス夫人はともかく、高尾夫人のほうは相手がなにを言っているかまでは聞き取れていないようだったけれど……と、無線で指示を受けたらしい警官が庭から「とりあえず署まで同行してもらおう」と大きな声で言う。米軍の将校の家族であるフォックス夫人の通報を拒否すると、あとで政治的な問題になるのではという彼らの上司の判断だろう。

「ちょ、ちょっと、放しなさい」

「やめて！　あたしを誰だかわかっているの？　高尾病院のご令嬢なんだから」

「はいはい、わかりました」

警官たちにいなされつつ、ふたりは窓から引きずり出される。入れ替わるように入ってきた女性警察官に促され、かいつまんで事情を説明した。

落ち着いたころには、すっかり日が暮れていた。

フォックス夫人がやけに音がうるさい強力な掃除機やらなんやらを持ち込んで、高尾親子が荒らしたリビングの掃除を率先してやってくれた。手伝おうとする海雪をなだめすかしてソファに座らせる手腕は見習いたい。

「タイミングがよかった。基地から出た瞬間に高尾から連絡が来て」

フォックス夫人が帰宅したあと、海雪と並んでソファに座り、その細い手を握ったまま説明する。ローテーブルを挟んで向かいのソファには高尾がうなだれたまま肩を落としている。

「そう、だったんですか」

海雪はまだどこか呆然としていた。が、ふと眉を下げて言う。

「あの、お義母さんと愛菜さんは……」

「そろそろ釈放されているころじゃないか」

そう答えると、海雪はホッとした表情を浮かべる。それに対して、高尾が下を向いたまま「ごめんね」と語尾を涙でにじませた。

「怖かったよね。それにもかかわらず、あのふたりの心配だなんて」

海雪が微かに首を振る。

「柊梧さんが守ってくださいましたから」

「海雪は」

すうっと息を吐き、高尾は続けた。

「海雪は、あの人たちを心配する必要なんかない。怒っていい」

「そんな」

「そうだろう？　前も言ったけれど、父さんの不倫は海雪には関係のないことだ。第一……実は、調査して最近ようやくわかったんだけれど、海雪の母親はね、不倫していたなんて知らなかったんだ。父さんは独身だと言っていた。独身主義だからと。海雪の母親は最期までそれを信じていたらしい」

「そ……」

そうなんですか、なのか、そんな、なのか……とにかく海雪は絶句した。それから
ゆっくりと微笑んだ。

「じゃあ、お母さんはずっと幸せだったんですね」

「海雪」

思わずその手を強く握る。海雪は優しく目を細めた。

「それが知れただけでも、よかったです」

「海雪」

高尾が声を震わせる。

「そんな海雪を、ひとかけらの愛情さえ与えず高尾の家のためになれと育てて……僕はどう君に償えばいいのかわからないんだ」

「償うだなんて、そんな……私はちゃんと育ててもらったと思ってます」

にっこりと海雪が言う。そんな海雪に高尾が告げた。

「違う。違うんだよ、僕は……君を犠牲にしたんだ……」

高尾は訥々と、過去のことを語った。海雪が高尾夫人のヒステリーのはけ口となったことで、高尾自身は解放されたことも。

「海雪」

俺はふと口を挟む。

「高尾はずっと後悔していた。それで、あの家から君を解放するため俺との政略結婚を提案してきたんだ」

「そうだったんですか」

「本当に、ごめんね……謝って済むとは、思っていないけれど」

声に涙が滲む高尾に、海雪は首を振る。

「ずっと雄也さんの優しさに助けられてきました。それから……ありがとうございます。こんなに優しい旦那様と、めぐり合わせてくれて」

そう言って俺を見上げ、幸福そうに微笑んだ。

「天城。君には本当に、なにからなにまで世話になりっぱなしだな」

高尾を外まで見送りに出ると、高尾は迎えに来た大井毅の運転する車の前で小さく俯いた。

「妻を守るのは当然のことだ」

「それでも、礼を言わせてくれるとうれしい。あの海雪が、母さんにはっきりとなにかを言葉にできるなんて……君から愛されているという自信が、あの子をそうさせてくれたんだろうね」

「いや、もともと海雪は強い女性だったと思う」

「そうだね。それは僕もそう思う」

そう言ったあと、高尾は雰囲気を変えるような、しかしどこか揶揄う色を滲ませて俺を見遣る。

「ところで、いつ君たち両想いになったんだ？　天城なんか緊張しすぎて不愛想を通りこしてぶっきらぼうだったじゃないか。最初、少しひやひやしていたんだよ？」

その言葉に思わず苦笑する。まったくその通りだったからだ。

「海雪が妊娠したこともあって、きちんと伝えようと決めたんだ。彼女が気持ちを返してくれたのは、それからのことだったけれど」

「ええっ？　海雪だって、ほとんど最初から君に惹かれていたよ？　初めてのデートのあとなんか、目に見えてぽうっとしていたし」

「……そうなのか？」

「君たち、好き合っているのに遠回りしすぎたよな。……まあ、なんていうか、海雪は」

高尾はちらりと家のほうを見てから、後悔を含んだ声音で続けた。

「以前も言ったけれど、海雪は、学業や社会面では家庭教師がつき厳しく育てられたせいもあってかなり優等生だ。けれど、なんというか、情緒面は……未成熟なんだと思う。ちゃんとした人間関係をほとんど育まずに育ったんだ。普通なら、最初から、君の態度を見ていて、接せられて、慈しまれて、女性として愛されてはいないなんて考えないよ」

俺は小さく首を振る。

「初めからちゃんと説明を尽くしていなかった俺の怠慢だ」

そう言った俺に、高尾は「それから」と寂しげに笑う。

「海雪がずっと欲しかったのは、家族だったんだ。家族からの愛。だから、天城からいろんな形で与えられた愛の、その家族愛を一番に感じて、それで満足してしまった部分もあるんだろうね。でも、ちゃんとそれだけじゃ足りないって思えたんだな」

高尾は目に涙を浮かべて、そっと袖で拭う。

「ひとりの女性として幸せになりたいと、思えたんだな。本当に君のおかげだ。これからも、どうか海雪を頼む」

「約束する」

しっかりと頷く俺に、高尾は続けた。

「僕はずっと、母さんたちの機嫌をうかがっていたから、その範囲内でしか海雪に兄らしいことを……家族らしいことをできなかった」

悔やむ高尾にそっと頬を上げてみせる。

「これから……これからそうなればいいんじゃないか。〝お兄ちゃん〟」

高尾は失礼なことに微かに嫌そうな顔をしたあと笑って肩をすくめる。

「母さんたちのことは、今後は僕に一任してほしい。今日のことで、いくらなんでも腹が決まった。もう二度と海雪には接触させない」

「そうか」

目だけで頷いた。それが高尾の決意なら、尊重するべきだ。

「母さんたちの借金の調査とか、君が裏から手を回してくれたんだろ。ありがとう」

「いや、構わない。海雪のためだったし。看護師も捕まったんだろ」

高尾はこくりと頷く。

それにしても、まさか海雪の主治医からの話を真剣に聞いていたことが、高尾夫人を勘違いさせることに繋がるとは思ってもいなかった。

海雪の情報を売り渡した看護師は、たまたまだが高尾夫人と愛菜の通うホストクラブの常連客だった。飲んでいるうちに親しくなり、海雪のことをあの親子にベラベラと喋ってしまっていたらしい。

俺が海雪と診察にきて、あまりに真剣に話を聞いていたものだから――。

『きっと、天城さんって、専門外のことはなにも知らないいんじゃないですか？』

そんな看護師の言葉を鵜呑《う》みにし、高尾夫人は俺が医者の癖に妊娠週数のことすら知らないと高をくくってあんな杜撰《ずさん》な計画を立てたらしかった。

おそらくは、天城家からせっつかれていたこともあるだろうけれど……。

そんなふうに思い返していると、高尾がふと表情をさらに真剣なものに変えた。

「改めて……海雪を幸せにしてくれてありがとう、天城」

深々と頭を下げ、高尾は車に乗り込んだ。

春の夜風が吹く。


リビングに入ると、海雪が紅茶を淹れてくれていた。

「休んでいろと言ったのに」

「いえ、お掃除もなにもしていませんし……」

にこにこと言う海雪に「いいから休んでいろ」とソファに座らせた。

なおも動きたがろうとするため、間髪を容れずその柔らかな唇にキスを落とす。

「ん……っ」

舌を挿し入れ口内をしゃぶりつくす。驚いた様子で息を止めたあとに、すっかり俺とのキスに慣れている海雪は、すぐにとろんと身体から力を抜き俺に身を任せてくる。

毎日毎日、執拗《しつよう》といえるほどに繰り返してきた口づけ。

「海雪」

深くキスを繰り返しながら、その合間に愛おしい人の名前を呼ぶ。

「はい、柊梧さん」

ほんの少しうわずった声で海雪が応える。幸福で心臓が痛いほどだった。その唇に再びキスを落とし、唇の皮膚一枚がうっすらと触れ合った状態のままに続ける。

「愛してる」

「私も、愛してます、柊梧さん……」

うっとりとした、あえかな声で名前を呼ばれ、たまらなくなった俺はその少し薄い子猫のような舌を自らのものと絡め、海雪の口内をたっぷりと味わう。そのままキスを永遠にだって続けられるけれど、伝えないといけないことがある。名残惜しみつつ唇を離し、今度は小さな手を握りじっと目を見つめる。

海雪の綺麗な瞳が潤んでいる。俺は視線を逸らさぬまま、言葉を紡ぐ。

「君と結婚するため、一時的に天城家と復縁したのは、もう話したよな？　それを提案したのは高尾だってことも。あいつは海雪を、妹をあの家から助けてくれって、そのためならなんでもするって俺に頭を下げた」

「雄也さん、……が」

海雪はぼうぜんとそう言って、それから小さく「妹……」と呟いた。

「妹だと、思って……いてくださったんですね」

「当たり前だろう。あいつにとって君は、いつだって大切な家族だった」

海雪の目に涙が浮かぶ。彼女が素直に俺に抱き着いてくるから、その背中を優しく撫でる。

「それをどうしても伝えたくて。海雪、君はずっと愛されていたんだ。生まれたときも、それ以降も、ずっとずっと」

海雪はしばらく華奢な肩を震わせ泣いたあと、顔を上げて泣きはらした顔でにっこりと笑ってくれた。

素直に愛おしいと思う。そっと涙の痕を拭い、その頬に口づけた。

涙の味がした。でもこれはきっと、幸せな涙だ。


それからしばらく、平穏な日々が続いた。平穏な……というか、本来あるべき日々なんだと思う。気持ちを通わせた最愛の人と過ごす何気ない毎日が、こんなに発見と幸福に満ち溢れたものだったなんて、一年前の俺は想像もしていなかった。

「ただいま、海雪」

「おかえりなさい……っ」

仕事から帰宅すれば、嬉しげに玄関まで迎えに来てくれるかわいらしい妻に胸がきゅんとする。甘い焼き菓子のにおいも……。

このところ、海雪はよく焼き菓子を作る。マドレーヌだとか、カヌレだとか、パウンドケーキだとか。市販のものを食べるとカロリーが高くなりすぎるので自作しているようだが、ほとんどはフォックス夫人や隣近所の奥様方にプレゼントしているらしい。なかなか好評なようで、わざわざ俺まで引き留められて礼を言われたり、お礼だと家に招かれたりしていた。俺もいくつかご相伴に与かったが、甘さ控えめでとてもおいしい。

『うまい』

食べながら何度も素直にそう感想を伝えれば、海雪は照れて『大げさです』とはにかんだ。その笑顔を思い出し再びきゅんとしたまま「なあ、海雪」と頬を緩めた。

「なんですか？」

妊娠九か月が近くなり、さらに大きくなったお腹を撫でながら海雪は小首を傾げる。

俺はお腹の赤ん坊にも「ただいま」と告げながらなんでもないことのようにさらりと

口にする。

「帰宅したとき、君からキスしてくれないか」

「え」

海雪が目を瞬いた。長いまつ毛が瞳の上をなんども上下するのがはっきりわかるくらい、俺はその目をじっと見つめてしまう。見え隠れする美しい虹彩。

ついつい見惚れてしまう先で、海雪の頬がはっきりと真っ赤になっていく。

「な、なななななんで」

「なんで？」

俺は海雪の頭をぽんと優しく叩き、耳に髪をかけてやり、そうして頬を撫でてから赤く柔らかな唇を指の腹で押す。少し意地悪な顔をしてしまっているかもしれない。

だが、照れる海雪がかわいくて、時々こんなふうにからかってしまうのだ。

「仕事に行くときはキスするだろ？」

「そ、それは、はい」

「そのときは俺からキスするんだから、帰ってきたときは海雪からしてくれ」

「でも」

海雪は恥ずかし気に視線をうろつかせている。俺はにやりと口角を上げ、海雪のなめらかな頬をくすぐった。

「だめか？　さみしいなあ」

海雪はハッとしたように目を上げ、それから思い切ったように背伸びをして俺の頬に柔らかな唇を押し当てた。

幸福で胸が温かい。

「頬だけ？」

「しゅ、柊梧さん、意地悪」

頬を膨らませる妻がかわいくてたまらない。

「十分だよ。ありがとう海雪。愛してる」

そう言うと、海雪の顔がさらに赤くなる。

微笑んで、俺から海雪と唇を重ねる。少し湿った愛おしい体温。甘噛みして離せば、海雪の唇がわななないた。少し下がった眉に、潤んだ瞳、これでもかと赤い頬。たったこれくらいで照れてしまう初心な妻が、くるおしいほど愛おしい。

それから少しして、初夏と梅雨の合間ごろ、高尾から高尾夫人と愛菜が国外に引っ越したと連絡があった。スイスの、元は修道院だった施設だ。現在はカトリック系の団体が運営する避暑型滞在施設という体になっているものの、実際は各国のセレブの家族が――とくに醜聞《しゅうぶん》的な問題を起こした家族が入所する、矯正施設とのことだった。規律も厳しく、自由な食事や外出さえままならない。すでに高尾夫人は何度もヒステリーを起こし大暴れしているらしい。

そんな母親を見て愛菜のほうは思うところがあったのか、自らカウンセリングを希望したとのことだった。

もともと精神的に幼く、母親に支配されていた愛菜は、初めて自分の意志で自らを見つめなおし――その結果、自らの非を認め、海雪にもいつか謝罪したいと言っているらしい。

『僕は会わせる気はないんだ。海雪にも秘密にしてほしい。絶対にあの子は許してしまうから――海雪に許しを請えないことが、きっと愛菜にとって一番の罰になる』

高尾の提案に頷く。遠い海の向こうで、彼女が母親から独立し、ひとりの人間として生きていけることを願う。なぜなら、それはいままで海雪にしてきてしまったことに直面しながら生きていくことに他ならないからだ。……きっと辛いだろうが、同情は湧かなかった。

そして、彼女の父親でもある高尾院長は現在、着実に人望と実力をつけている高尾にその座を脅かされ始めていた。家族を蔑ろにしてきた高尾院長が権力を失ったとき、彼になにが残るだろう。孤独になってはじめて、彼は自分の罪に向き合うのだと思う。そきっとそのときには、海雪に関わらぬよう高尾によって遠ざけられているはずだ。そこは〝お兄ちゃん〟に一任することにした。

そういった一連の連絡をもらった直後、海雪が正産期に入った。

正産期とは、妊娠三十七週から四十一週の、母体にも胎児にも負担の少ない出産の期間を指す。つまりいつ産まれても構わないし、いつ産まれてもおかしくない時期ということだ。

そうなると俺はかなりそわそわしてしまう。

「お気持ちはわかりますが、天城先生少し落ち着きがないんじゃないですか」

通修先の高尾病院で看護師にからかわれる。わかってはいる。わかってはいるんだ……。

けれど、俺の仕事上、産気づいたときに必ずそばにいてやれるとは限らない。

海雪は家にひとりだ。それがものすごく心配でならない。

「陣痛タクシー、登録したんですよね」

「してます」

陣痛タクシーとは、文字通り陣痛が起きた際産院まで送迎してくれるタクシーのことだ。事前に産院を登録しておくことで、スムーズに産院に送ってもらえる。それから、玄関先には入院セットも用意した。子どもがいる同僚に話を聞き高尾病院の助産師にアドバイスもさんざんもらった。それでも不安は尽きない。

いざというときは高尾にも車を出してもらおう。そう思いながら昼食を胃に詰め込んでいると、ふとデスクの上でスマホが震えた。

「海雪」

最愛の妻からのメッセージに、頬をゆるゆるにしてしまいながらロックを解除する。

【伝えたいことがあるんです】

そんな文言に、内心首をひねる。

【どうした？】

そう返せば、直接言いたいのだとすぐに返信がある。かわいらしいスタンプも送られてきて、マイナスな内容ではないとわかってほっとした。もしかしたら、お腹の赤ん坊の名前のことかもしれない。なにしろいまだに名前が決まっていないのだ。俺はごくんと握り飯を嚥下《えんげ》し、ペットボトルのお茶を飲み干して立ち上がった。

車の件を伝えるため、本館の高尾の執務室へ向かう。

執務室には高尾は不在だった。かわりに大井毅がいた。むっと眉が寄りそうになるのを耐える。

「申し訳ないです、午前診が長引いているみたいで」

書類整理をする手を止め、律儀に大井は立ち上がって頭を下げる。

「いや、すまない。また改める」

そう言って踵を返した背中に、「天城先生」と大井が声をかけてくる。

「なんだ？」

「こんなことを言っては失礼にあたるのかもしれませんが……」

硬い声に眉を上げ、振り向いて対峙する。

「なにか言いたいことがあるのか」

大井は頷き「海雪……さんのことで」と唇を動かす。呼び捨てにしかけただろう、とつっかかりはしなかったが、肋骨の奥で一瞬で嫉妬が熾火《おきび》となる。

「海雪の？」

そう答える声は、平素より少し低いかもしれない。嫉妬しているなんて大井には気取られたくなく、俺は頬を緩めて彼をみつめる。

「はい」

大井は微かに眉を寄せたあと、そこからはほとんど表情を変えずに唇だけを動かした。

「先生は、本当に海雪さんを大切に思ってくださってるんですよね」

「当たり前だ」

即答した。大井は表情を変えない。

「母が……海雪さんと仲がいいんですが」

俺は彼の母親が幼少期の海雪の世話係だったのを思い出しながら頷いた。

「最近連絡をとったところ、海雪さんは焼き菓子を量産している、と」

「……それがどうか」

「海雪さんは、不安があると焼き菓子をひたすら焼くんですよ」

俺は目を見開き、家の甘い香りを思い返した。

優しい、焼き菓子の香りを。

「それくらいも知らないんですね。夫のくせに」

緩慢に大井の目を見返す。

「そうですか」

そう言いながら、海雪の顔を思い浮かべ心配になる。不安？　一体どうしたんだろう。やはり初めての出産だからか。それとも他に、なにか理由が……?

大井は考え込む俺を意に介さず、淡々と続ける。

「海雪さんがあなたとの結婚生活に不安を抱いているのなら」

大井は俺のそばまで来て、じっと俺を見つめる。

「オレ、もう遠慮しません。——海雪、オレがもらいます」

「やらん」

間髪を容れずにそう答え、大井を睨みつけた。大井は相変わらず表情を変えないまま「そうですか」と淡々と言い、執務室の扉を開く。

「用事があるので出ます。天城先生はこのまま待たれますか」

「……いや」

そう答え、大井とともに部屋を出たところで、ちょうど高尾と鉢合わせした。

「天城、どうした?」

「いや、海雪のことで」

そのまま執務室の前で海雪を産院に送る手はずについていくつか話し、エレベーターホールに向かう。

大井の言葉に、胸の奥がひりつきざわついていた。海雪は不安なのか?

まだ俺は、海雪にとって信頼しきれる存在ではないのか？

伝えたいことって、なんだ？　俺を信頼しきれないことで、少しずつ不満が溜まっていたのか？　なにしろ俺はまったく気が付いていなかったのだ。どう思われていても不思議じゃない。

俺から離れたいと、実家に戻りたいと言われたら。

なにしろもう、あそこに海雪を傷つける人はいない。父親は無関心ではあるものの、高尾が院内で勢力をつけているいま、積極的に高尾と対立する気はないだろう。

そうなれば、あとは優しい兄、幼少期から信頼しきっている大井という使用人。

そして――同じく信頼されているだろう、大井毅。

俺のところに帰ってこなくなる可能性だって、あるんじゃないのか。

……背中がぞっとした。

同時に飛躍しすぎだとも思う。ふうう、と大きく息を吐き出しながら感情を落ち着かせた。

まったく、俺は海雪のこととなると思考が暴走する。

自覚はあるのに、どうにも制御できない。自分が自分じゃないみたいだ。理性的に、論理的に思考すべきなのに、そうできない。海雪に恋する前は、当たり前にできていたことなのに。

彼女に会う前、自分に感情なんかなかったかのような気分になってくる。

一階まで降りて、救急救命室のある別館に向けて歩き出す。があっ、と別館の自動ドアをくぐった瞬間、背後の廊下、本館のエレベーターホールのほうから声がした。抑えた声が、廊下の壁に反響して聞こえる。

「いつでもお前のこと、迎えにいく」

大井の、はっきりとした声だった。それに続く聞きなれた、愛おしい声に思わず立ち止まる。

「……いいの？」

海雪の、逡巡を含んだ声だった。呼吸が勝手に浅くなり、振り向いて自動ドアの先を見つめる。あるのは廊下だけで、エレベーターホールで立ち止まっているらしいふたりの姿は見当たらない。ふら、と足が動いた。指先が冷たい。

「当たり前だろ？」

俺と接しているときとはまったく違う、大井の優しさをにじませる声が続く。

「オレとお前の仲なんだから」

「……ん」

信頼に満ち満ちた声だけで、海雪が笑ったのがわかる。微笑んだのが、あの優しい笑みを浮かべたのがやすやすと想像できる。

「……海雪」

呟く声は、掠れていた。走り出そうとしたその瞬間、首から下げていた院内携帯が鳴り響く。同時にあわただしい足音がして「あ、ちょうどよかった」と看護師に名前を呼ばれる。

「天城先生、いま救急受け入れ決定しました。胸部の激痛で、意識レベルが低いです」

「わかった」

俺は震えそうな膝を叱咤《しった》して、必死で意識を切り替える。

近づいてくる救急車のサイレンに、頭の芯を必死で冷ましていく。

結局手術は深夜にまで及び、帰宅できたのは朝方になってからだった。

しんとした六月の早朝。まだ日は昇っていない。しかし街並みの先の空は夜明けを内包した色だった。暗い藍と、紫と、ぼんやりとした白が入り混じる。遠くで新聞配達のバイクが走る音がする。

自宅の前で、電気の点いていない窓に腹の底が冷える。

もし、海雪がいなかったら?

そんな想像ばかりがぐるぐると頭をめぐって止まってくれない。

そっと玄関に入る。焦燥にかられて寝室を覗けば、大きなお腹に薄手の布団をかけた海雪がすやすやと横向きに眠っていた。

ほっとして、足から力が抜ける。がたん、とドア横の棚に手が触れてしまった。

「ん……?」

海雪の、寝ぼけたかわいらしい声がする。

廊下の電気が差し込む薄暗がりのなか、海雪が目を覚ましたのがわかった。カーテンの向こうに、早朝の、青くしんとした光があるのがわかる。

「あ、おかえりなさい、柊梧さん。お仕事、お疲れさまでした」

清廉な青い光のなか、海雪が微笑んだ。

海の中にいるみたいだ、とふと思った。

海の底で、マリンスノーみたいに積もりに積もった感情を、俺はただ口にする。

「行くな」

「……え?」

「行かないでくれ。愛してる。誰よりも、君を……」

海雪がベッドの上で半身を起こし、じっと俺を見ている。

「どうか死ぬまで俺のそばにいて」

俺の言葉に、はっと海雪が息を呑んだ。それから眉を下げ微笑む。

「……いていいって、言ってくれたじゃないですか」

海雪がベッドを抜け出し、俺のそばまでやってくる。そうして俺の手を引いて、ベッドに座らせた。されるがままの俺の頬に、彼女はそっとキスを落とす。帰宅時そうしてくれと俺が頼んだ通り、約束した通り。

そうしてひそやかな、慈しみたっぷりの声で「おかえりなさい」と俺の目を見て告げたあと、そっと口を開いた。

とても大切なことを告げるように。

「大好き。愛してます、柊梧さん」

俺はただじっと海雪を見つめた。

「あの、ですね。伝えたかったことなんですけど……赤ちゃんが生まれる前に、どうしても直接言っておきたかったことがあって」

「なんだ？　実家に帰る以外のことなら聞いてやる」

「え？　帰りませんよ。お手伝いさんだって手配してもらっているのに……」

少し困ったように言われ、心底安心する。

「すまない。君のこととなると思考が言うことを聞いてくれない」

「もう。パパになるんですからしっかりしてください」

「……そうだな」

海雪は俺の顔を見て優しく笑い、「出会ったころと全然違う」ところころと笑った。

「もう言うな。俺だって恥ずかしいんだ」

「ごめんなさい。でも、ちょうどそれが伝えたかったんです。あの、柊梧さんに恋したの、結婚するよりももっと前からです。ようやく気が付いて……ごめんなさい、鈍くて」

「前？」

なんとか聞き返した俺の腕の中で海雪は顔を上げ、そっと微笑んだ。

「式場を決めるとき、ドリンクを買ってきてくださったでしょう？」

「あの、甘いやつか」

俺が一番恋心を拗らせて暴走していた時期だ。ちょっと恥ずかしくなりつつ聞けば、海雪はこくんと頷く。

「私の話を、聞いていてくれたんだなあって。……ここにいていいと、言われているような、そんな気持ちになりました」

海雪の目が潤む。

「大好き。柊梧さん、私を」

海雪の声が震える。

「こんな私を、愛してくれて、ありがとうございます」

「俺の、ほうこそ」

海雪の頬に手を当てる。温かさに、確かに海雪がここにいるのだと強く感じる。

「俺のほうこそ……っ」

無我夢中で、唇を重ねる。

愛おしい想いだけが、降り積もる。

きっとこの想いは、死ぬまで降りやむことはない。

「どうかいつまでも、そばにいて」

俺の言葉か、海雪の言葉だったのか、もう判然としない。蕩けるような青と白い光のなかで、俺たちはそっと微笑み合い、唇を重ねた。

【エピローグ】

「産気づいたときに、柊梧さんがいなかったら雄也さんか毅くんが迎えにきてくれるって話だったんですよ」

毅くんと私の会話を、どうしてか毅くんが私を連れていってしまうと勘違いしたらしかった。私はふたり並んで布団にくるまり、柊梧さんに強く抱きしめられたまま小さく唇を尖らせた。

「私が柊梧さんのそばを離れるわけがないじゃないですか」

「……悪かった」

そっぽを向いた柊梧さんは、なんだかいつもより子どもじみて見える。とってもかわいくて、愛おしいと思ってしまうから不思議だ。

そういえば、最初のころだって、照れて素直に私と接することができなかったなんて言っていたなあ。

思い出して、ふふふと笑ってしまう。

普段クールだし冷静な彼だけれど、きっと彼の本当の姿はこっちだ。ちょっと子どもで、照れ屋で、かわいらしい。

「大好きですよ」

私がそう言うと、照れ屋な彼の頬はほんのり赤くなる。

その赤い頬のままキスを交わした瞬間、私は肩を揺らす。

「海雪?」

「あ……その、えっと」

下着が濡れていく感覚。それを言葉にする前に、柊梧さんが反応した。

「破水かもしれない」

「え、えっと、もう……?」

シーツを濡らしたくなく、起き上がろうとした私を「寝ていろ」と制して柊梧さんは布団をはねのけ起き上がる。

私はお腹を撫でてみながら少しだけパニックになる。

確かに、夕方くらいからなんとなくお腹が張っている感じがした。ただ不規則な感じだったし、おしるしもなくてただの前駆陣痛だと思っていたのだ。それに、初産だから遅れるんじゃないかと勝手に思っていた。いたのに……。

産まれるの。

産まれてくるの、赤ちゃん。

私はお腹に向かって小さく話しかける。

「会えるんだね」

きゅうっ、とお腹が固くなる。少し不安になり撫でてみれば、お腹の張りはすぐに緩む。

「海雪、お腹が張る感覚は」

「夕方くらいから……でも全然規則的ではなくて」

そうか、と言いながら柊梧さんは「立てるか」と優しく私に声をかける。

「とりあえず病院へ向かおう」

産院にはすでに連絡してくれているらしい。破水かもしれないので、すぐに来るようにと言われたそうだ。柊梧さんに手伝ってもらって着替える。ひとりで着替えられますと言ったのだけれど、とてもそうさせてもらえる雰囲気じゃない。

玄関先に置いてあった入院セットを柊梧さんが持ち上げ、彼に続いて家を出た。まだ朝になったばかりの、すがすがしい陽光に包まれる。

産院に着いて検査してもらったところ、やっぱり破水らしい。感染症予防のための点滴を受けながら、助産師さんに「子宮口、開いてきてますね」と笑顔で報告を受けた。十センチほど開けば出産となるらしい。

お腹の痛みは、波のように間隔があるし、痛みもまだ少し重い生理痛くらいに感じた。とはいえ、痛みの波がきたときはふうっと息を吐いてしまうけれど。

ベッドの横の丸椅子で、柊梧さんが私を見ながらとても真剣な顔をしている。私は全身にうっすら汗もかいてきた。

助産師さんがお腹に赤ちゃんの心音を見る機械を巻き、「もう少し開いたら分娩台《ぶんべん》に移動しましょうね」と出て行く背中を見ながら、「柊梧さん」と夫を呼ぶ。

「昨日、寝ていないんですよね？　帰って寝てくだ……」

「無理だ」

柊梧さんは私の手を取り、自分の額に押し当てる。

「君がこんなに苦しんでいるのに、とてもそんなこと……っ」

泣いてしまいそうになるくらい、真剣でまっすぐな目だった。

思わず身体から力を抜いて、小さく微笑んだ。

「名前、考えてくださいね」

「ん……ずっと考えているんだが。こんなに迷ったのは生まれて初めてだ」

そんな会話をしながらしばらく過ごしているうちに、痛みの間隔は短く、そして強くなっていく。

「海雪」

焦燥に満ちた声で私を呼ぶ柊梧さんに、笑って応える余裕がない。柊梧さんは私につけられている機械の数値なんかを気ぜわしく確認しながら、なんども私の汗をタオルで拭ってくれる。

「……っ、いった、い」

呻いてしまうと、柊梧さんはおろおろと私の背中を撫でた。

やってきた助産師さんは落ち着いている様子で「八センチくらいですね」と私を安心させるように微笑む。

「あと少し。分娩台に移動しましょうね」

車いすで分娩台に移動する。その間も柊梧さんがものすごく緊張しているのが伝わってきていた。

助産師さんが柊梧さんの背中を叩いた。

「あのねえ、お父さんがそんなでどうするの。産むのは奥さんでしょ」

「そうなんですが」

柊梧さんの、こんなに弱弱しい声は初めてかもしれない。彼の強く寄った眉、その眉間に痛みの合間に手を伸ばす。指のお腹でゆるゆる撫でると、柊梧さんは一瞬泣きそうな顔をした。

「私は大丈夫」

痛みで絶え絶えの声で、必死で伝えた。私、あなたに会えて強くなったの。

だからきっと大丈夫。

微笑むと、柊梧さんは泣きそうな顔のまま、笑ってくれた。


そうして、人生で一番痛くて幸福な瞬間を迎える。

分娩室に響き渡る赤ちゃんの元気な声に、柊梧さんが肩の力を抜く。次の瞬間には私の血圧や出血量を心配し始めた。私の手首を掴んで脈をとるような仕草をした。

「少し血圧が低くないですか？　出血量はどれくらいでしたか」

「……ご主人、医療関係？」

助産師さんが苦笑しながら「大丈夫ですよ」と点滴を開始してくれる。血流量を増やして血圧を上げるのだと説明をうけた。多分、そんなに急がないでいい処置だったんじゃ……？　柊梧さんは真剣にモニターとにらめっこしていたけれど。

「お待たせしました。どうぞ、抱っこしてみて」

別の助産師さんが赤ちゃんをおくるみに包んで連れてきてくれる。胸の上に乗せられた、小さな小さな赤ちゃん。ふにゃふにゃしていて、とても温かい。

そっと頬を撫でた。かわいすぎて心臓が高鳴る。こんなにかわいい子がお腹にいたんだ。顔立ちをまじまじと見てみれば、どこからどう見ても柊梧さんにそっくり。

「起き上がれそうなら、お乳を上げてみましょうか」

助産師さんの言葉に頷く。

「柊梧さん、すみませんちょっと赤ちゃんを抱っこ……柊梧さん？」

目を夫に向ければ、柊梧さんは両手で顔を覆って肩を揺らしていた。思わず目をまん丸にしてしまう。ぼたぼたと涙が零れているのがわかった。

「お父さん、泣き虫ねえ」

助産師さんにからかわれながら、柊梧さんは涙を拳で拭って唇を真一文字に引き結びなおし、そうして赤ちゃんをそっと抱っこする。

「……かわいい、なあ」

優しく甘い、震えた声で彼は言う。それから私を見て、とっても優しい顔で笑った。

「海雪、ありがとう」

私はいろんな愛情や感情がたっぷりこもったその声に、どう答えを返していいのかわからない。

ただなんとなく、きっと伝えるべきだと思ったことを素直に口にすることにする。

「ありがとう、柊梧さん」

柊梧さんの瞳がみるみるうちにまた潤んで、ぽたぽたと涙が零れて。

胸の奥が、じわじわと温かい。

「私、幸せです」

そう伝えると、柊梧さんは端整な顔をくしゃくしゃにして笑ったのだった。

それから二年と半年が経ったころ——。二度目のハワイも、ハロウィンの時期だった。

「おばけ、いやっ」

二歳半になるひとり息子の拓海《たくみ》が柊梧さんの後ろに隠れ、ジーンズを履いた脚の間からおばけ役のスタッフさんを見ている。ホノルル市内にあるショッピングモールで行われているハロウィン・イベントにやってきたところだった。ドラキュラやおばけの仮装をしたスタッフさんに「トリック・オア・トリート」をすればお菓子がもらえる、というのどかな企画……ではあるのだけれど、少し怖がりなところのある拓海には刺激が強かったみたいだ。

それにしても、と私は拓海のあまりにもかわいらしい反応を見遣る。頬が緩んでしまいそうなのを我慢しつつ「大丈夫だよ」と声をかける。

「パパが守ってくれるから」

「ほんとう？」

涙目で見上げた拓海を、柊梧さんは目尻の下げ切った顔で見下ろし、ひょいと拓海を抱き上げた。

「本当だ。心配するな、拓海」

柊梧さんに抱っこされた拓海はなんとかジャック・オー・ランタンのかごにお菓子を入れてもらい、そこでようやく嬉しそうに笑った。

『家族でお揃いなんだね』

おばけの仮装をしたスタッフさんが、英語で私に笑いかける。

『皆似合ってるよ。アロハ！』

私と柊梧さんは顔を見合わせて笑った。私と柊梧さんは新婚旅行で買ったアロハシャツ、拓海はついさっき買ったばかりのキッズサイズのアロハシャツを着ていた。

私の人生で、こんなに明るい色彩の服を着ることがあるだなんて、柊梧さんに出会うまで思ってもいなかった。

「コチョ、食べてみたいなあ」

私の運転で貸し別荘に戻る途中で、拓海が舌足らずな言い方で何度も粘る。ちなみにコチョとはチョコレートのことのようだ。

柊梧さん的には虫歯も怖いし、拓海にまだチョコレートを与えたくないらしい。私もそれに倣《なら》ってまだあげていなかったのだけれど、ショッピングセンターで同年代の子どもたちがおいしそうに食べているのを見て、すっかり興味を持ってしまった。

「こーちょ、こーちょ」

ねだる拓海の声に「柊梧さん、そろそろいいんじゃない?」とハンドルを切りながら言った。

「プレ幼稚園のママ友、上にお兄ちゃんお姉ちゃんがいるうちはもう普通に食べさせてるって言ってたよ。ちっちゃくひとくちくらいなら」

「……ひとくちだけだぞ。ほんとうにちっちゃく、ひとくちだけ」

柊梧さんが根負けしたのが後部座席から聞こえてくる。それから「おいしい!」という弾んだ声も。思わず頬を綻ばせてしまう。

別荘につくと、柊梧さんは歯ブラシをもって拓海を抱き上げる。拓海は歯ブラシが大嫌いなのでひと悶着ありつつも、すっかり歯を綺麗にしてもらったあと、お出かけではしゃぎつかれたのかまだ日の高いうちに眠ってしまった。

「夜、寝ないんじゃないか」

「起きたら海に連れて行ってみる？」

私はリビングから見えるプライベートビーチを眺め、そう提案してみた。十月とはいえ、この島ではまだ海水温も高い。白い砂浜の向こうで、海が青に、シアンに、コバルトブルーにと色をきらめかせる。

「そうだな。水着を出しておこう……と、その前に」

ん？　と首を傾げる間もなく、柊梧さんは私をソファに押し倒す。

「しゅ、柊梧さん？」

「しー」

そう言って柊梧さんはいたずらっぽく目を細め、唇の前に人差し指を立てた。

「そろそろふたり目、って君が言ったんだろ」

「い、言ったけど」

つい最近、そんな話になったのだ。そろそろ拓海に弟か妹を……って。

「まあそれとは関係なく、俺が海雪を欲しいんだ。……だめか？」

直接的な言い方に、頬に熱が集まる。その頬にキスを落とし、柊梧さんは「かわいい」と呟いた。

「かわいい、海雪」

そう言って端整な顔を綻ばせ、愛おしそうに熱い目で見つめられると。

「……もう」

私は柊梧さんが大好きなので、そんなふうにされると、すぐに身体の芯が蕩けてしまうのだ。身体から力を抜いた私の首筋を、柊梧さんの唇が這う。

微かに身じろぎしながら、熱くなってきた息を吐く。柊梧さんの大きな手がシャツをめくり、わき腹を撫でる。

声が出かかった唇を、柊梧さんがキスで塞ぐ。そのまま彼の舌がぬるりと口内に入り込み、頬の内側や口蓋を舐め上げる。その間に、いつの間にかシャツのボタンは全て外されていた。

唇が離れていく。ぺろりと自らの唇を舐める彼に、壮絶な色気を感じた。

まるで、捕食されるまえに舌なめずりされているような、そんな気分になってしまう。

思わず息を呑んだ瞬間、ジーンズもあっという間に脱がされる。

窓の向こうから差し込む常夏の島の陽光は、きっと私の身体をはっきりと照らしている。恥ずかしくてたまらない私の目元を、彼は柔らかな手つきで撫でる。

「綺麗だ」

柊梧さんは私の膝を持ち上げ、そっとキスを落とす。そうしてぱっと自らもシャツを脱ぎ捨てた。差し込む真昼の陽射しが、鍛えられた身体に陰影を作る。

「海雪、愛してる……」

そう言って彼は私の耳や、首筋や、鎖骨を舐めては甘く噛み、愛撫し、蕩けさせていく。お腹の奥がじゅくじゅくと、もったりと、熱を帯びていく。

いつの間にか下着も脱がされ、明るい太陽に照らされながら、私は羞恥心を必死で抑えつけて彼に手を伸ばす。

「お願い、柊梧さん、来て……」

身体の芯が切なくて、疼《うず》いて、もうだめだった。頬どころか、全身が熱い。

柊梧さんは微笑み、私の髪をひとふさ手に取り、うやうやしく唇を寄せる。

結婚して以降、すっかり伸びた私の髪を。

そうしてゆっくりと、私の中に昂ぶりを埋めた。

はあ、と官能的なため息をつきながら彼は言う。

「愛してる、海雪……」

そうして始まった律動に揺さぶられながら、私はただ幸福だけを感じていたのだった。

END

# 特別書き下ろし番外編

# 降り積もる幸せ

「天城三佐のところ、お子さん何人でしたっけ？」

「来月、三人目が産まれるところだ」

「ああ、じゃあ」

全体を外舷色《がいげんいろ》に包まれた汎用護衛艦、その医務室で俺から健康診断の問診を終えた年若の隊員は、やや同情するように眉を下げた。

「お子さんに会えるのは、産まれて半年後ってところですか」

「そうなるな」

さらりと答えたけれど、内心は忸怩《じくじ》たる思いだった。今ごろ、海雪はなにをしているだろう？　来月と答えはしたものの、そろそろ正産期だ。いつ産まれてもおかしくはない。

——最愛の女性と結婚して、もう五年が経つ。

今日までに、元気な男の子ふたりに恵まれ、来月には女の子が産まれる予定だ。いまいち女の子はよくわからない気がするけれど、周囲の話を聞いていると相当かわいいらしいからとても楽しみにしている。

……けれど、出産には立ち会えそうにない。

「机のお写真、ご家族ですか？　綺麗な奥さんですね」

「そうだろう？　俺にはもったいないくらいの女性なんだ」

「はは、噂通りの愛妻家」

笑う隊員の声の背後では、変わらぬガスタービンの音が響いていた。

艦は二基のスクリュープロペラで、順調に作戦海域を航行中だ。

――中東付近にある、アジアとヨーロッパとを結ぶ海の大動脈であるこの湾では、近年〝海賊〟が問題となっている。商船を乗っ取り、身代金を欲求してくる。

輸入の九十九パーセントを海路に頼っている我が国も、中東およびヨーロッパを繋ぐこの海域での海賊の出没に頭を悩ませていた。そのため国が商船保護のため海上自衛隊の派遣を決定してから十五年が経つ。任務自体は四か月ほどだが、湾までの航行と現地での訓練などをふくめ、合計で八か月ほど日本を離れなければならなかった。

「血液検査の結果はまた取りに来てくれ」

「了解です」

軽く敬礼して医務室を出ていく緑色の飛行服の隊員を見送って――彼はヘリパイ

ロットだ――俺は軽く息を吐き、デスクに置いてあった写真立てを手に取る。

出航前、安産祈願の戌《いぬ》の日に撮った家族写真だった。俺は二歳である次男の航汰《こうた》を抱っこしていて、その横に笑顔の海雪が並ぶ。海雪の手は拓海の手を優しく握っていて、拓海も満面の笑みだ。

「海雪……」

子供たちはもちろんだが、とにかく妻に会いたくてたまらない。

以前と違い、専用のサーバーを利用する家族メールもたくさん送られてくる。家族の様子や、お腹の子のこと、海雪自身のこと。文面を記憶するほど読み返していた。

それからWi-Fi環境下でスマホをひらけば、アプリに読みきれないほどのメッセージが届いている。文面だけでなく、子供たちの様子をおさめた動画も癒しになっていた。

それら一つひとつを幸福に包まれながら確認していると、あっという間に使用終了時間が来てしまう。

医官の仕事は、なにも怪我人や病人が出たときだけのものではない。長期にわたる航行での心身の健康管理や、衛生員と連携した訓練、また様々な事象が隊員たちに与える影響の調査など、多岐にわたる。人員が十分にいるわけではないので、どうしても抱え込む仕事量は増える。だけれど忙しいほうが良かった。家族に会えない寂しさが、紛れるから。

「――最初は、陸からの連絡が嫌で海自に入ったのにな」

ひとりごちて苦笑する。

実家からの干渉が嫌で海に出たのに、海雪と結婚してからは日本を離れたくなくなった。不思議なものだ。たったひとりの女性に、まるっと人生観を書き換えられてしまうだなんて……。

それにしても、父に尊敬なんて抱いていなかった俺が、いい父親になれているのだろうか。

正直なところ、自信はない。

ようやく日本の地を踏めたのは、真冬に出航してから八か月後、八月の終わりのことだった。艦の油の匂いがする港には帰りをいまかいまかと待っていた隊員の家族が、満面の笑みでこちらに手を振っている。

「パパーっ」

聞きたくてたまらなかった声に目をやれば、人混みの中から拓海が走って飛びついてきた。

「元気だったか？」

抱き上げながら聞くと、出航前より大きくなった拓海は元気に頷く。

「あのねあのね、大ニュースだよ！　なんと妹が産まれたよ！」

はしゃぐ拓海に思わず目を細める。

「ほんとうか？　パパも早く会いたいよ」

艦で無事出産との連絡を受けたときは、思わず小躍りをしてしまいそうになるくらいだった。続いて「パパ」と俺の足に抱きついてきたのは航汰だ。

「だっこしてー」

「覚えてくれてたのか」

「えー？」

航汰はこてんと首を傾げた。

拓海はともかく、まだ三歳にもならない航汰には忘れられてしまうのではと怯えていた。が、こうして甘えてくれるところを見るに、ちゃんと覚えていてくれたのだろう。

──海雪が、子供たちが俺を忘れないよう、写真や動画を見せてくれていたのかもしれない。

片手で抱き上げた航汰の向こうに、会いたくて会いたくて死にそうになっていた海雪の姿が見える。微笑む目に涙を溜める海雪は、女の子の赤ん坊を抱えている。生後六か月になったばかりの碧《あおい》だ。

「ただいま」

涙をこらえて、なんとかそれだけを告げた。言いたいことはたくさんあるのに、いざ目の前にすると感情が溢れすぎて何も出てきてくれない。

「――っ、おかえりなさい」

海雪は俺のすぐそばまで来て、彼女のほうから恥ずかしげに抱きついてくれる。子供たちごと抱きしめるようにして、碧の顔を見て驚いた。

「……あらためて、海雪そっくりだな」

写真でも動画でもそれこそ網膜《もうまく》に焼きつけるレベルで見ていたけれど、実際に会うと本当に海雪そっくりで目を丸くしてしまう。

「でしょう?」

「……歯が」

碧の下の歯茎に、小さく白いものが見えていた。ふにゃふにゃの新生児から、これくらい大きくなるまで、海雪はひとり頑張ってくれていたのかと思うと、改めて感謝の念が湧いてくる。

「あらためて、お帰りなさい、柊梧さん」

「ただいま」

帰宅し、慌ただしく子どもたちと遊び、寝かしつけ、ようやくひと息つけた。海雪はソファにいる俺の横に座り、俺にビールを渡してくれる。礼を言って受け取り、ごくごくと飲み干した。

「生き返る……」

「ほんとうにお疲れさまでした、何か月も」

頭を下げる海雪を、すっと片手で引き寄せて自分の膝に乗せる。

「しゅ、柊梧さん」

「ビールじゃなくて、君がいるからだ海雪」

「……海雪の匂いがする」

俺は缶をソファ前のローテーブルに置き、海雪の頭に頬擦りをする。

「恥ずかしいよ」

海雪の耳殻は真っ赤。まったく、いつまでも初心だ、俺の奥さんは。内心でほくそ笑みつつ、海雪の頬やこめかみにキスを落とす。

「柊梧さ……ん……っ」

唇を重ねる。じわりと満足感が身体を満たした。なんて愛おしいんだろう。

「海雪、好きだ、愛してる」

「私も」

うっとりとした海雪の目元は、うっすらと血の色を透かしている。愛くるしさに胸をかきむしられ、何度もキスを落とした。

「会いたかった」

海雪が掠れた細い声でそう言うから「俺も」と答える。

「会いたくて死にそうになっていた。海雪欠乏症になってた」

「ふふ、なに、それ」

冗談と思ったらしい海雪がくすくすと笑う。

「本当だぞ？　君に出会う前は、どうやって息をしていたかもわからないのに。それから……海雪、ありがとう。ひとり頑張ってくれて」

「え？」

海雪がキョトンとする。それから柔らかく笑った。

「ひとりじゃなかったよ。あのね、あなたが行ってから……あの子たち、どんな話をしたのだかわからないけれど、私に『ママのことは僕たちが守るから！』って」

「……拓海と航汰が」

「だから、全然ひとりじゃなかったの」

「そうか」

俺は海雪の手を取り、握りしめながら子供たちの成長を思う。

「子どもなんて、勝手に育っていくんだなあ」

「そんなことないよ、やっぱり親の背中は見てると思う。拓海の将来の夢、知ってる？」

「いや」

「自衛隊のお医者さん、だって」

俺は目を丸くして、それからそっと目頭を指で押さえた。

「……泣いてる？」

「泣いてない」

「本当かなあ！」

くすくす笑う海雪の肩に顔を埋めながら、俺は案外ちゃんと父親ができているらしいぞなんて思って、少しだけ、ほんの少しだけ子どもみたいに最愛の妻に髪を撫でられながら泣いた。

子どもたちが憧れ続けてくれる、そんな父親であり続けたいと思う。でもそれと同じくらい、海雪にとってかっこいい俺でありたいとも思うのだった。

……海雪は、こんなことで泣いてしまう情けない俺だって優しく受け入れてくれる、そんな海みたいな女性なのだ。

END

# あとがき

お世話になっております。にしのムラサキです。

このたびはベリーズ文庫様初めての海上自衛官を書かせていただけることになり、大変光栄に思っております。いかがでしたでしょうか。少しでもキュンとしていただけたのならば幸いです。

このお話を書いているとき。ちょうど親戚がハワイに行くというので資料やら感想やら根掘り葉掘り聞いてしまいました。親戚はこいつこんなにハワイ好きだったかなと怪しく思ったに違いありません。

さて、本作は素直になれないヒーローっていいよねと思って書いたものになります。そう思って書き始めたのですが最終的にただの不器用男子になってしまいました。楽しんでいただけていたら嬉しいです。

また藤咲ねねば先生には素敵なイラストを描いていただきました。ありがとうございました。

毎度のことながら編集様ライター様には多大なるご迷惑をおかけしているなあと思

います。スケジュールなどお気遣いいただきありがたかったです。
そしてなにより、読んでくださる読者様には感謝しかありません。
最後になりましたが、本作に関わってくださった皆様に心よりお礼申し上げます。
ありがとうございました。

にしのムラサキ

にしのムラサキ先生への
ファンレターのあて先

〒104-0031
東京都中央区京橋1-3-1
八重洲口大栄ビル7F
スターツ出版株式会社　書籍編集部　気付

にしのムラサキ先生

本書へのご意見をお聞かせください

お買い上げいただき、ありがとうございます。
今後の編集の参考にさせていただきますので、
アンケートにお答えいただければ幸いです。

下記URLまたは二次元コードから
アンケートページへお入りください。
https://www.berrys-cafe.jp/static/etc/bb

ベリーズ文庫

この物語はフィクションであり、
実在の人物・団体等には一切関係ありません。
本書の無断複写・転載を禁じます。

# クールな海上自衛官は想い続けた政略妻へ激愛を放つ

2024年3月10日　初版第1刷発行

著　者　にしのムラサキ
©Murasaki Nishino 2024

発行人　菊地修一

デザイン　カバー　ナルティス
フォーマット　hive & co.,ltd.

校　正　株式会社鷗来堂

発行所　スターツ出版株式会社
〒104-0031
東京都中央区京橋1-3-1　八重洲口大栄ビル7F
TEL　03-6202-0386（出版マーケティンググループ）
TEL　050-5538-5679（書店様向けご注文専用ダイヤル）
URL　https://starts-pub.jp/

印刷所　大日本印刷株式会社

Printed in Japan

乱丁・落丁などの不良品はお取替えいたします。
上記出版マーケティンググループまでお問い合わせください。
定価はカバーに記載されています。

ISBN 978-4-8137-1553-5　C0193

# ベリーズ文庫 2024年3月発売

『一途な救命救急医の溢れる恋情で娶られて―この最愛からは逃げられない【ドクターヘリシリーズ】』 佐倉伊織《さくらいおり》・著

密かに想い続けていた幼なじみの海里と偶然再会した京香。フライトドクターになっていた海里は、ストーカーに悩む京香に偽装結婚を提案し、なかば強引に囲い込む。訳あって距離を置いていたのに、彼の甘い言葉と触れ合いに陥落寸前!「お前は一生俺のものだ」――止めどない溺愛で心も体も溶かされて…。

ISBN 978-4-8137-1552-8／定価748円（本体680円＋税10%）

『クールな海上自衛官は想い続けた政略妻へ激愛を放つ』 にしのムラサキ・著

継母や妹に虐げられ生きてきた海雪は、ある日見合いが決まったと告げられる。相手であるエリート海上自衛官・柊梧は海雪の存在を認めてくれ、政略妻だとしても彼を支えていこうと決意。生涯愛されるわけないと思っていたのに、「君だけが俺の唯一だ」と柊梧の秘めた激愛がとうとう限界突破して…!?

ISBN 978-4-8137-1553-5／定価748円（本体680円＋税10%）

『天才パイロットは契約妻を溺愛包囲して甘く満たす』 宝月《ほうづき》なごみ・著

空港で働く紗弓は、ストーカー化した元恋人に襲われかけたところを若き天才パイロット・嵐に助けられる。身の危険を感じる紗弓に嵐が提案したのは、まさかの契約結婚で…!? 「守りたいんだ、きみのこと」――結婚生活は予想外に甘くて翻弄されっぱなし！ 独占欲を露わにした彼に容赦なく溺愛されて…。

ISBN 978-4-8137-1554-2／定価748円（本体680円＋税10%）

『気高き敏腕CEOは薄幸秘書を滾る熱情で愛妻にする』 吉澤紗矢《よしざわさや》・著

OLの咲良はバーでCEOの颯斗と出会い一夜をともに。思い出にしようと思っていたらある日颯斗と再会！ ある理由から職探しをしていた咲良は、彼から秘書兼契約妻にならないかと提案されて!? 愛なき結婚のはずが、独占欲を露わにしてくる颯斗。彼からの甘美な溺愛に、咲良は身も心も絆されて…。

ISBN 978-4-8137-1555-9／定価737円（本体670円＋税10%）

『クールな脳外科医と溺愛まみれの契約婚～3年越しの一途な愛で陥落させられました～』 和泉《いずみ》あや・著

経営不振だった勤め先から突然解雇された菜子。友人の紹介で高級マンションのコンシェルジュとして働くことに。すると、マンションの住人である脳外科医・真城から1年間の契約結婚を依頼されて…!? じつは以前、別の場所で出会っていたふたり。甘い新婚生活で、彼の一途な深い愛を思い知らされて…。

ISBN 978-4-8137-1556-6／定価748円（本体680円＋税10%）